KB009247

DREAMBOOKS★

DREAMBOOKS★

DREAMBOOKS★

환생왕

ORIENTAL FANTASY STORY & ADVENTURE

요도 김남재 판타지 장편소설

dream
books
드림북스

환생왕 1

초판 1쇄 인쇄 2019년 10월 24일
초판 1쇄 발행 2019년 11월 8일

지은이 요도 김남재
발행인 오영배
편집 편집부
일러스트 나래
표지 · 본문 디자인 오정인
제작 조하늬

펴낸곳 (주)삼양출판사 · 드림북스
주소 서울시 강북구 도봉로 173
대표 전화 02-980-2112 **팩스** 02-983-0660
편집부 전화 02-987-9393 **팩스** 02-980-2115
블로그 blog.naver.com/dreambookss
출판등록 1999년 3월 11일 제9-00046호

© 요도 김남재, 2019

ISBN 979-11-283-9754-7 (04810) / 979-11-283-9753-0 (세트)

+ (주)삼양출판사 · 드림북스의 서면 허락 없이는 어떠한 형태나 수단으로도 이 책의 내용을 이용하지 못합니다.
+ 지은이와 협의하에 인지는 생략합니다. 잘못된 책은 구입한 곳에서 바꾸어 드립니다.
+ 이 도서의 국립중앙도서관 출판시도서목록(CIP)은 서지정보유통지원시스템홈페이지(http://seoji.nl.go.kr)와
  국가자료종합목록 구축시스템(http://kolis-net.nl.go.kr)에서 이용하실 수 있습니다. (CIP제어번호 : CIP2019040045)

드림북스는 (주)삼양출판사의 판타지 · 무협 문학 브랜드입니다.

환생왕 1

ORIGINAL FANTASY STORY & ADVENTURE

요도 김남재 신무협 장편소설

dream books
드림북스

목차

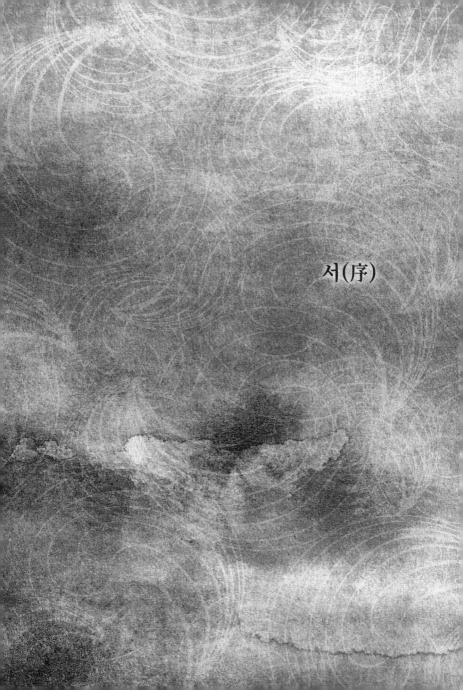
서(序)

사랑이라 생각했다.

아니, 그렇게 믿고 싶었던 걸지도 모르겠다.

"부모님의 원수를 갚아 주세요."

그녀와의 첫 만남, 그리고 첫 부탁.

이유는 모르겠다.

왜 생면부지의 사람인 내게 그런 부탁을 했는지, 또 어떠한 연유로 그런 말도 안 되는 부탁을 내가 들어주었는지도.

난 반반한 얼굴에 혹할 정도로 여색을 밝히는 사내도, 또 누군가의 부탁을 순순히 받아들일 정도로 선한 성격도 아니었으니까.

양휴(楊休), 섬서성에서 칼밥을 먹는 자들치고 모르는 이가 없는 제법 이름난 고수.

난 그를 찾아갔고, 그와 싸웠다.

첫 살인이었다.

그리고 그날 이후 내 이름이 처음으로 무림에서 회자되기 시작했다.

그녀와의 두 번째 만남.

이번에도 그녀는 내게 부탁을 했다.

"가문의 권세로 힘없는 이들을 약탈하고 있어요.
그들을 벌해 주세요."

섬서성에 위치한 양가장(楊家莊)이라는 그다지 알려지지 않은 가문.

나는 그곳에 있는 서른 명에 달하는 무인들을 모조리 죽였다.

그날의 사건으로 나는 섬서 지역에서 꽤나 알려진 무인의 반열에 올랐다.

세 번째 부탁.

"수라천도(修羅天刀)와 그 무리를 죽여 주세요. 그
들은 악인이에요."

수라천도 곽우민.

그는 알려진 것보다 훨씬 뛰어난 고수였다.

그들의 거점에서 곽우민과 그 수하들의 가슴에 검을 박
아 넣은 그날 이후 세상 사람들은 나를 섬서 지역에서 다섯
손가락 안에 드는 무인이라 칭하기 시작했다.

그날 이후 그녀는 언제나 내 주변을 맴돌았다.

그리고 필요할 때마다 찾아와 내게 부탁을 했다. 이어져
가는 그녀의 부탁을 들어줄 때마다 난 점점 더 위험한 일들
을 해야만 했고, 그만큼 무림에 알려져 가고 있었다.

이젠 몇 번째 부탁인지 헤아릴 수도 없어질 무렵 그녀는
다시금 나에게 말했다.

"검산파(劍山派)에 있다는 보석이 가지고 싶어요.
제게 어울리겠죠?"

말도 안 되는 부탁이라는 걸 알았다.

상대인 검산파가 구파일방조차 함부로 대하기 껄끄러울 정도의 힘을 지닌 거대한 문파인 것도 문제였지만 고작 보석을 가지고 싶다는 이유로 그들과 싸워 달라니.

말도 안 되는 소리라 여겼지만 이번에도 나는 움직이고 있었다.

마치 그녀의 목소리가 거역할 수 없는 마력을 지니고 있기라도 한 것처럼.

단신으로 검산파를 찾아간 나는 그들과 혈전을 벌였다.

그리고 이번에도 나는…… 이겼다.

그렇지만 승리의 대가는 참혹했다.

천 명에 가까운 무인들과 홀로 맞선 탓에 반년 가까이를 누워 있어야 했을 만큼 중대한 부상을 입었다.

허나 검산파와의 싸움으로 인해 내 이름은 섬서를 넘어 중원 전체를 호령하기 시작했다.

더불어 사람들은 날 섬서제일검이라 칭하고 있었다.

몸이 채 완전히 회복되지도 않았을 때 날아든 그녀의 새로운 부탁.

　　"반년 이내에 흑마신(黑魔神)을 죽여 줘요."

나는 말했다.

반년 이내에 그를 죽이는 것은 불가능하다고.

사파 최고 고수 중 하나로 알려진 흑마신이라고 해도 그는 나의 적수가 되지 못했다.

다만 문제는 그가 특별한 일이 없이는 자신의 거점에서 나오지 않는다는 것이었다.

그 말은 곧 흑마신을 죽이기 위해서는 그의 거점으로 직접 들어가야 한다는 말인데 그게 문제였다.

사해도(四海島)라는 이름을 가진 그의 거점은 커다란 섬이었다.

들어가기도, 나오기도 쉽지 않은 곳이었기에 사해도에 발을 딛는 그 순간 그곳에 있는 모두를 죽여야 한다는 말이다.

그리고 그 말은 곧 사파 중 다섯 손가락 안에 꼽히는 흑마신의 세력을 홀로 상대해야 한다는 소리였다.

흑마신이 섬에서 나온 이후에 죽이는 게 어떠냐는 나의 제안에 그녀는 기다렸다는 듯 서책 한 권을 꺼내어 내게 건넸다.

자령신공(紫靈神功).

중원에서 사라진 것으로 알려진 전설의 신공 중 하나. 신공이라는 이름은 붙었지만 실상은 반쪽짜리라 마공이라 봐야 옳은 심법이었다.

대체 어떻게 실전되었다고 알려진 전설의 신공이 그녀의 손에 있는 것일까?

하지만 그런 궁금증은 어느새 먼지처럼 사라지고 나는 자령신공에 손을 대고 있었다.

손을 대선 안 될 마공에 손을 댄 결과는 참혹했다.

부작용으로 인해 하루에 수십 번은 배를 찢는 고통이 찾아들었고, 얼굴은 녹아내려 징그럽게 변해 있었다.

자령신공을 익힘으로 인해 인간으로서 가져야 할 많은 걸 잃었다.

그렇지만 그 대가로 나는 죽지 않고 사해도에 숨어 있는 흑마신과 수하들의 목을 취할 수 있었다.

사파 최고수 중 일인인 흑마신을 죽인 나는 어느새 천하에서 가장 강한 무인들을 일컫는 우내이십일성으로 불리기 시작했다.

세상의 모든 무인들이 날 두려워하기 시작한 그 무렵.

마공으로 인해 점점 망가져 가던 나에게 그녀는 다시금 새로운 부탁을 했다.

"꽃 한 송이만 꺾어다 주세요. 지나가다 그 꽃에
대해 설핏 이야기를 들었는데 너무 예쁠 것 같아요."

무인에게 꽃 한 송이 꺾는 것이 뭐 그리 대수겠는가.

다만 그녀가 바라는 그 꽃이 새외 최고의 세력인 북해빙궁의 상징적인 성물인 만년설화(萬年雪花)라는 것이 문제였을 뿐.

이번에도 나는 말했다.

그건 불가능한 일이라고.

그러자 그녀 또한 다시금 나에게 서책 한 권을 들이밀었다.

잔마폭멸류(殘魔爆滅流)라는 이름의 검공이었고, 이 또한 자령신공과 마찬가지로 중원에서 오래전에 사라진 전설의 무공 중 하나였다.

이번에도 난 궁금했다.

부모의 원수를 갚을 힘조차 없다던 그녀가 대체 어떻게 이런 전설의 무공들을 내게 구해다 줄 수 있는지.

허나 난 이번에도 묻지 않았다.

아니…… 묻지 못했던 것일까?

난 그 이유를 알지 못했다.

잔마폭멸류는 훌륭한 무공이었다.

다만 문제는 잔마폭멸류를 익히기 위해 필요한 기본 전제 조건을 내가 충족시키지 못했다는 점이다.

그 대가는 이미 내 몸을 잠식하고 있던 자령신공과 뒤엉켜 최악으로 돌아왔다.

망가져 있었던 내 얼굴은 더욱 심하게 무너져 내리기 시작했고, 손가락은 딱딱하고 새카맣게 변해 버렸다.

무공을 쓸 때마다 몸 안에 있는 모든 장기들이 조각조각 나는 느낌을 뭐라 표현할 수 있을까?

지옥을 수백 번은 오가는 고통 속에서도 나는 하루하루를 버텼고, 그 시간만큼 강해져만 가고 있었다.

그리고 마침내 잔마폭멸류의 경지가 일정 수준 이상 오른 이후 나는 북해빙궁의 성물인 만년설화를 꺾어다 그녀에게 바쳤다.

북해빙궁을 뒤집어엎었던 그날의 사건으로 인해 세상은 날 천하에서 세 손가락 안에 드는 무인이라 부르기 시작했다.

높아져 가는 위명만큼 많은 걸 잃고 하루하루를 고통 속에서 살아가는 나에게 그녀는 웃는 얼굴로 부탁을 건넸다.

"제 쪽을 보며 웃었는데 기분이 나빠요. 절 비웃은 거겠죠?"

부모의 원수를 갚아 달라던 것에서 시작되었던 그녀의 부탁이 이제는 자신 쪽을 바라보며 웃는 이를 죽여 달라는 한없이 낮은 것으로 변해 있었다.

다만 그 상대는 하늘 높은 줄 모르고 치솟았다.

이번에 그녀가 죽여 달라 부탁한 상대는 마교의 소교주였으니까.

단순히 무공으로만 본다면 소교주가 내 적수가 될 리 없었다. 문제는 그를 건드린다는 건 곧 마교에 전면전을 선포하는 것과 같다는 것이다.

거기에 다른 곳도 아닌 마교 내에서 소교주를 호위하고 있을 수십의 절정고수들을 제거하고 일을 끝낸다는 것 또한 제아무리 나라고 한들 그리 간단한 문제는 아니었다.

성공하지 못할 거라 말하는 나를 향해 내민 그녀의 손에는 한 자루의 검이 들려져 있었다.

무엇보다 눈을 끄는 것은 검의 손잡이였다.

검은빛이 감도는 손잡이에는 악귀의 형상이 새겨져 있었고, 말로는 설명하기 힘든 묘한 분위기를 풍겼다.

나는 한눈에 이 검의 정체를 알 수 있었다.

중원에 남아 있다는 일곱 개의 신병이기인 칠신기(七神器). 이 검은 그 칠신기의 하나인 천인혼(千人魂)이 분명했다.

천 명의 혼을 담아 만들었다는 전설에 어울리는 으슬으슬한 분위기에 나는 압도당하고 있었다.

주인을 스스로 선택한다는 말까지 있는 무기인 만큼 보통 사람은 천인혼을 쥐는 것만으로도 넘쳐흐르는 기운을 견뎌 내지 못하고 불구가 되어 버린다.

그런 위험한 무기를 나는 마치 홀리기라도 한 것처럼 망설임 없이 쥐었고, 큰 고통이 따르긴 했지만 결국 손아귀에 있는 천인혼과 하나가 될 수 있었다.

웅웅 울리는 천인혼을 쥐고 서 있는 내게 그녀가 말했다.

천인혼이 나를 더욱 강하게 만들어 줄 것이라고.

그리고 그녀의 말은 맞았다.

천인혼을 손에 넣고 더욱 강해진 나는 단신으로 마교로 들어갔다.

그렇게 나는 무림 역사상 전무후무한 일을 벌이고야 말았다.

마교의 소교주는 내 손에 죽었고, 그를 호위하는 사십팔 명의 호위전 무사들 또한 모두 베었다.

어디 그뿐이랴.

나오는 길목을 막아섰던 마교를 대표하는 정예 부대 세 개를 단신으로 쓸어버림으로써, 수백 년이 넘는 긴 시간 동안 단 한 번의 침략조차 당하지 않은 걸 자랑하던 그들의 역사에 다시없을 오점을 남겼다.

마교를 뒤집어 버린 나를 사람들은 천하제일인이라 부르기 시작했다.

모두가 우러러본다는 천하제일인이 되었지만 그 누구도 날 존경하지 않았다. 오히려 날 증오하며 손가락질했다.

나는 아무런 이유도 없이 사람을 죽이는 살인귀와도 같았으니까.

그리고 그 무렵 나의 형상은 괴물이라는 말 말고는 표현하기 어려울 정도로 끔찍했다.

거북이의 등껍질처럼 손과 얼굴은 딱딱해졌고, 전신의 피부는 마치 메마른 논바닥을 연상케 할 정도로 쩍쩍 갈라져 있었다.

비가 오던 늦은 밤.

연무장에 홀로 있던 내게 그녀가 나타났다.

"먹어요. 당신을 위해 가져왔어요."

자신의 목적을 이루기 위해 필요한 것들을 제외하고는 매번 받기만 했을 뿐, 나에게 무엇 하나 주지 않았던 그녀가 내게 내민 첫 선물이었다.

직감했다.

이건 위험하다고.

내 정신은 외치고 있었지만 분하게도 몸은 언제나처럼 그녀가 원하는 대로 움직이고 있었다.

정체불명의 단환을 받아 입 안에 넣었고, 그것은 순식간에 입 안에서 녹아 사라졌다.

그녀가 건넨 단환을 먹은 대가는 그리 오래지 않아 찾아왔다.

밀려드는 오한, 덩달아 평상시 찾아들던 고통이 몇 곱절은 되어 전신을 뒤덮었다.

입에선 피가 터져 나왔고, 눈앞은 뿌옇게 변해 갔다.

부들부들 떨며 피를 토하고 있는 나에게 슬며시 다가온 그녀가 귓가에 입을 가져다 댄 채로 속삭였다.

"당신 얼굴이 너무 징그러워요. 더는 보고 싶지 않을 정도로요. 그러니까 이러는 거예요. 이해하죠?"

그녀와 나의 거리는 지척.

아주 손쉽게 목을 비틀 수 있을 정도로 가까운 거리였음에도 불구하고, 내 손은 그녀의 목을 향해 매우 느릿한 속도로 다가가고 있었다.

내 의지를 몸이 억지로 짓누르고 있는 것처럼.

손가락 끝이 가까스로 그녀의 목젖에 닿은 그 순간 그녀가 들어섰던 문으로 일련의 무리가 모습을 드러냈다.

대략 스무 명 정도의 무인들이었는데 그들의 뒤편으로 검은 피풍의(避風衣)를 머리까지 뒤집어쓴 수장으로 짐작되는 자가 나타났다.

그녀는 뒤편으로 물러섰고, 동시에 스무 명에 달하는 그들의 공격이 쏟아졌다.

나는 독에 중독당해 제힘을 쓰지 못하는 상태에서 그들과 맞서야만 했다.

그들은 생전 처음 보는 이들이었다.

갑자기 하늘에서 뚝 떨어진 것처럼 전혀 정체를 알 수 없는 자들로 구성된 무리는 하나하나의 실력이 천하에서 적수를 찾기 어려울 정도로 빼어났다.

개중에 긴 피풍의를 뒤집어쓰고 있는 자의 무공은 특히 두드러졌는데 본래의 실력을 쓰지 못하는 지금 상태로는 감당하기 힘들 정도의 고수였다.

본래 힘의 반절 정도밖에 쓰지 못하는 상태에서도 적의 절반 이상을 죽였다.

그렇지만 그것이 나의 한계였다.

피풍의를 뒤집어쓴 자의 손에서 날아든 장력이 내 가슴에 적중했고, 동시에 날아든 검이 내 다리를 잘라 버렸다.

나는 더는 버틸 수가 없어 무너져 내렸다.

바닥에 나뒹구는 나를 향해 검은 피풍의의 사내가 성큼 다가왔다.

이미 연무장은 박살이 난 지 오래인지라 쏟아지는 비를 정면으로 맞으며 나는 거칠게 숨을 몰아쉬고 있었다.

한없이 초라할 것이 분명한 나를 그자는 내려다보고 있었다.

긴 장포로 얼굴을 가리고 있고, 시야가 점점 뿌옇게 변하고 있는 탓에 얼굴은 제대로 볼 수 없었지만 슬쩍 드러난 입꼬리에선 명백한 비웃음이 흘러나오고 있었다.

그가 말했다.

"이렇게 만든 게 우리라지만 정말 역겹게도 생겼
군."

흉물스럽게 망가진 내 얼굴을 바라보며 말하는 그의 말에 나는 일순 의문이 들었다.

우리? 우리라고?

허나 내 의문은 길어질 수 없었다.

그가 이해가 안 간다는 목소리로 말을 잇고 있었다.

"고작 이런 놈이 뭐가 무섭다고 어르신은 이렇게
긴 시간 동안⋯⋯."

말을 마친 그는 손에 들린 검을 치켜들었다.

죽음을 목전에 둔 그 순간 날 내려다보며 싸늘하게 웃는 그의 마지막 말이 내 귓가에 박혔다.

……병신 같은 새끼.

                    *   *   *

벌떡.

소스라치게 놀란 사내가 침상에서 황급히 상체를 일으켜 세웠다.

긴 경련과 함께 몸에선 식은땀이 줄줄 흘러내렸다. 깨질 것 같이 아픈 머리를 손으로 감싸 안고 있던 그는 뭔가 이상한 점을 느꼈다.

손에 닿는 감촉이었다.

까끌까끌하고 뭉개진 얼굴이 만져져야 하거늘 손에선 이질적인 느낌이 들고 있었다.

놀란 사내가 황급히 침상 옆에 위치하고 있는 거울을 향해 시선을 돌렸다. 그리고 이내 자신의 얼굴을 확인한 그의 눈동자가 커졌다.

거울 속에 모습을 드러낸 것은 무척이나 뛰어난 외모의 사내였다.

놀라 경직된 얼굴과는 달리 눈동자에서는 생기가 흘러넘쳤고, 사내다우면서도 깔끔하게 떨어지는 턱 선은 그의 외모를 더더욱 빛나게 만들었다.

부드러움 속에 왠지 모를 날카로움이 느껴지는 그런 인상의 사내.

거울에 비치는 건 너무도 당연하게 자기 자신이었다.

허나 그 당연한 사실에 사내는 놀라고 있었다.

"얼굴이……."

더듬더듬.

믿을 수 없었다.

녹아 문드러졌던 얼굴이 언제 그랬냐는 듯 새하얀 빛을 토해 내고 있었으니까.

그뿐만이 아니었다.

손끝에서 느껴지는 감촉, 그리고 거울을 통해 보이는 앳되어 보이는 외모까지.

이십대 초반의 자신, 젊었을 때의 천무진(天霧鎭)이 거울에 비치고 있었다.

"젊어졌어?"

망가졌던 얼굴이 회복된 것만으로도 모자라 젊어지기까지 한 상황에, 천무진이라는 이름의 사내는 지금 일어난 이 모든 일들에 대해 놀람을 금하기 어려웠다.

회복된 자신의 얼굴을 멍하니 바라보던 그는 곧 거울에 비치는 주변의 것들을 확인할 수 있었다.

익숙한 주변 모습에 천무진은 황급히 고개를 돌려 방 내부를 확인하기 시작했다.

눈에 보이는 그 모든 것들이 낯익다.

방의 구조에서부터 시작해서 곳곳에 자리하고 있는 가구들과 장식들까지도.

이곳은 다름 아닌 자신이 그녀와 만나기 전의 젊은 시절 머물렀던 거처였다.

젊어진 얼굴과 과거 머물렀던 거처까지.

그간 겪어 왔던 모든 것이 꿈은 아니었을까 하는 생각이 머리를 스쳐 지나갔다.

하지만 이내 천무진은 고개를 저었다.

그럴 리가 없지 않은가.

그 긴 시간 동안 느껴 왔던 고통들은 한낱 꿈이라는 말로 넘어가기엔 너무도 지독했다.

오히려 지금이 꿈이라면 모를까 그녀와 만났던 시간들이 모두 거짓일 리가 없다.

믿을 수 없는 현실에 그는 자리를 박차고 일어나 곧바로 문 쪽으로 달려갔다.

벌컥!

힘차게 문을 열어젖히는 순간 쏟아져 들어오는 햇살에 순간 너무도 눈이 부셨다.

천무진은 그 자리에서 멍하니 선 채로 손을 들어 올려 쏟아지는 햇살을 막았다.

눈부신 햇살이, 불어오는 선선한 바람이 그에게 말하는 것만 같았다.

지금 너는 살아 있다고. 이것은 꿈이 아니라고 말이다.

이 모든 감각들이 몸으로 스며드는 순간 그는 확신할 수 있었다.

'살아 있다. 나는 지금…… 살아 있다.'

기분이 묘했다.

마치 수십 년 만에 햇살을 맞이한 것처럼 벅찬 감정이 치밀어 올랐으니까.

정면에서 쏟아지는 햇살에 점점 익숙해지기 시작했는지 찌푸리고 있던 표정을 풀던 천무진은 이내 자신이 자리하고 있는 장원을 살폈다.

어릴 때부터 살았던 추억의 장원.

자신이 떠나고 몇 년 후에 형체를 알아볼 수 없게 변했다는 말을 전해 들었던 터다.

그랬던 이곳이 자신의 기억과 하나도 다를 게 없는 모습으로 자리하고 있는 걸 보는 순간 그는 확신할 수 있었다.

돌아온 건 자신의 몸뿐만이 아니라는 것을.

시간이…… 과거로 돌아와 있었다. 그녀와의 모든 일이 시작되기 전으로.

죽지 않은 것으로도 모자라 시간까지 돌아왔다는 걸 알아차린 천무진은 머리가 복잡했다.

모든 것이 상식적이지 못했으니까.

과거로 돌아왔다? 대체 왜? 그리고 어떻게?

고민했지만 답이 나올 리 만무했다.

하지만 이것은 현실이었고, 지금 그에겐 왜 이렇게 됐느냐는 답이 없는 고민을 하는 것보다 더욱 중요한 문제가 있었다.

바로 죽기 전 자신의 모습에 대한 의문이었다.

왜였을까?

대체 왜 그녀의 말에 자신은 이유도 없이 따르고만 있었던 걸까?

길거리에 다니는 모르는 사람을 붙잡고 묻는다면 열에 아홉 이상은 분명 이리 말할 것이다.

그녀를 사랑하니까 그런 거 아니냐고.

그랬기에 스스로에게 다시 묻는다.

사랑? 정말 사랑 때문이었을까?

분명 그녀의 모든 명령에 따랐지만…… 글쎄.

단 한 번도 그녀가 보고 싶었던 적도, 그녀 때문에 마음 아팠던 적도 없었는데 이게 정말 사랑이었을까?

하지만 그게 아니라면?

왜 자신은 마치 뭔가에 홀린 것처럼 그녀의 모든 말을 따르고만 있었던 것일까.

문제는 그 당시 자기 자신 역시 이상하다 여기면서도 왜 그러고 있는지에 대해 깊은 고민조차 하기 힘들었다는 거다.

의문은 가지면서도 생각을 이어 가지 못했던 그때와 지금은 엄연히 달랐다.

그 당시엔 한 번도 생각하지 못했던 의문이 머리를 가득 채워 왔다.

그건 다름 아닌 섭혼술(攝魂術)이었다.

'설마 섭혼술에 당했던 건가?'

영혼을 조종하는 술법인 섭혼술이 아니라면 설명되지 않는 일들뿐이다.

하지만 단순히 그리 결론 내릴 수 없는 이유는 다름 아닌 자신의 무공 실력 때문이다.

섭혼술이라는 건 일정 수준 이상의 무인에게는 쉽사리 통하지 않는다.

강호에 알려져 있는 섭혼술 정도로 그렇게 긴 시간 동안, 하물며 천하제일인이 되었을 때까지 조종한다는 것은 불가능에 가까운 일이다.

그런데 그녀는 그 불가능한 일을 해냈다.

아무런 힘도 없는 여인처럼 보였지만 그녀는 자신에게 사라진 전설의 무공들은 물론이거니와, 천인혼이라는 칠신기의 하나를 쥐어 주기까지 했다.

보통 여인이 그 모든 것들을 준비했을 리 없다. 그 말은 곧 천무진이 모르는 모종의 무엇인가가 그녀에게 있었다는 소리다.

처음부터 계획된 만남.

그리고 그 계획되어진 장기판 위에서 그는 하나의 말처럼 그녀의 의지대로 움직여 왔다.

생각이 거기까지 미치자 의문은 또 꼬리에 꼬리를 물었다.

대체 왜 자신이었던 걸까?

훗날 천하제일인이 되긴 했지만 그녀를 만났던 당시엔 그보다 강한 이가 꽤나 많았다.

그런 이들이 아닌 자신을 노렸던 이유를 아직도 모르겠다.

혹시 처음부터 자신의 정체를 알고 접근했던 것은 아닐까?

허나 분명한 건 굳이 그런 번거로운 일을 한 이유가 있을 거라는 것이다.

긴 시간을 들이면서까지 다른 이도 아닌 자신을 이용해야만 했던 이유가.

만약 지금 자신의 생각이 모두 맞는다면?

그리고 그 빌어먹을 운명이라는 놈이 다시금 반복되는 것이라면…… 이번에도 그녀는 자신을 찾아올 것이다.

자신을 조종하기 위해서.

만약 그렇게 된다면 그 끔찍한 인형과도 같았던 삶 또한 반복되고야 말 게다.

천무진은 말없이 자신의 손을 내려다봤다.

새하얀 손바닥 위로 비참하게 죽어야만 했던 예전의 기억이 겹쳐 오고 있었다.

붉은 피가 넘실거리던 손바닥.

지독한 피 냄새가 아직도 코로 밀려든다는 착각이 들 정도다.

이 손으로 얼마나 많은 이들을 죽였던가.

무인뿐만이 아니었다.

힘없는 여자와 노인, 그리고 심지어 어린아이조차도 그녀의 부탁이라면 가리지 않고 죽였다.

일말의 죄책감조차 느끼지 못하던 의지도 없는 살인 병기.

그저 그녀만의 꼭두각시로 살아왔고, 후회조차 할 수 없었던 그 잔인한 시간들이 떠오르자 숨이 막혀 옴과 동시에 구역질이 치밀었다.

벽에 손을 짚어 몸을 지탱한 채로 천무진은 헛구역질을

해 대기 시작했다.

"우욱, 욱!"

간신히 속이 조금 진정되자 천무진은 손으로 거칠게 입 부분을 움켜잡았다.

방금 전까지 헛구역질을 해 대던 그의 눈동자에서는 섬뜩한 빛이 흘러넘치고 있었다.

그 모든 걸 되돌릴 기회.

자신이 자신으로서 살아갈 수 있는 기회가 찾아온 것이다. 그때와 같은 삶을 다시금 살아 줄 생각은 눈곱만큼도 없다.

으드득.

소리가 날 정도로 이를 꽉 깨문 천무진이 강하게 주먹을 움켜쥐었다.

'이번엔…… 당하지 않는다.'

이번엔 자신이 먼저 그녀를 찾는다.

그녀가 자신을 찾아내기 전에.

자신이 먼저 그녀를 찾아야겠다는 결단을 내린 천무진은 곧바로 생각을 이어 나갔다.

이 넓은 중원에서 전혀 알려지지 않은 한 사람을 찾는다는 건 혼자만의 힘으론 불가능하기도 했고, 그만큼 오랜 시간이 소요되었다.

그녀의 신상 정보가 필요했다.

자신이 알고 있는 그녀에 대한 모든 것을 정리한다.

그리고 중원에 있는 정보 단체들을 통해 그녀를 찾아야 했다.

열려 있는 문을 통해 방 안으로 뛰어 들어간 천무진은 곧바로 자신의 책상으로 달려갔다.

마음이 급했는지 옆에 놓여 있는 휴대용 먹물을 벼루에 채워 넣은 그는 곧바로 붓을 손에 쥐었다.

붓을 쥔 손이 종이 위로 향하는 그 찰나였다.

그녀의 얼굴과 특징을 그리려고 하던 천무진은 멈칫할 수밖에 없었다.

붓을 든 손이 미약하게 흔들리고 있었다.

흰 종이에 점 하나조차 찍을 수 없었으니까.

슬며시 열린 천무진의 입가에서 떨리는 목소리가 흘러나왔다.

"대체……."

기억이 나지 않았다.

그녀의 얼굴도, 이름조차도.

짧은 순간 보았던 자신을 죽이기 위해 달려든 무리의 얼굴조차 기억이 나거늘 십 년을 넘게 보아 왔던 그녀의 얼굴이 온통 어둠에 휩싸여 있다.

기억나는 건 오직 하나.

　"부탁이 있어요."

언제나 부탁을 해 오던 그녀의 목소리뿐.

1장. 시작 —
이봐요

천무진은 책상 앞에서 한참을 떠나지 못했다.

우습게도 손에 들린 이 작은 붓의 무게가 천근이 넘는 쇳덩어리보다 무겁게 느껴졌다.

그만큼 심적으로 복잡하다는 증거이기도 했다.

결국 종이에 어떤 것 하나 적지도, 그리지도 못한 천무진이 천천히 붓을 내려놓았다.

굳은 안색의 그가 중얼거렸다.

"믿을 수가 없군."

어떻게 그녀의 얼굴을 떠올리지 못할 수 있단 말인가. 마치 검은 안개가 낀 것처럼 그녀의 얼굴이 어둠에 휩싸여 있었다.

기억나는 것이 그저 목소리뿐이라니.

목소리 하나만으로 이 넓은 중원에서 사람을 찾는다는 건 불가능한 일이었다.

세상 모든 여인들을 찾아다니며 직접 목소리를 듣지 않고서야 해결할 방도가 없으니까.

천무진은 눈을 감은 채로 단서가 될 만한 모든 것들을 기억해 내려 애썼다.

그녀와 나누었던 대화들에서 그녀에 대한 단서를 찾기 위해 고민해 봤지만…… 우습게도 정말 그녀에 대해 자신이 아는 건 아무것도 없었다.

그나마 억지로 찾아내 보고자 한다면 첫 부탁에서 부모의 원수라고 말했던 양휴라는 자와의 연관성인데 사실 그 또한 가짜일 공산이 컸다.

처음부터 모든 것이 계획되어 있던 만남이었으니까.

과거로 돌아왔음에도 불구하고 그녀에 대해 알아낼 아무런 단서가 없다는 사실에 천무진은 기가 막힐 지경이었다.

짧은 시간도 아닌 십수 년이다.

그만큼 긴 시간을 함께했음에도 아는 것 하나 없었던 그 현실을 당시엔 의심조차 하지 못했다는 것. 그것만으로도 천무진의 상태가 어땠는지를 충분히 말해 주는 듯싶었다.

백지에서부터 시작해야만 하는 상황이 닥쳐왔음에 막막

함이 밀려들었다.

그때 비어 있는 종이를 한참이나 내려다보고 있던 천무진이 갑자기 고개를 치켜들었다.

온통 정신을 다른 데 팔고 있던 와중에도 누군가가 다가오는 기척을 느낀 것이다. 열려 있는 문 쪽을 응시하고 있던 그의 시선에 생각지도 못한 얼굴이 천천히 모습을 드러내고 있었다.

상대는 평범한 인상의 노인이었다.

키는 그리 크지 않은 보통 정도. 나이는 육십 줄을 훌쩍 넘어 보였고, 부드러워 보이는 얼굴에 서글서글한 눈매가 인상적이었다.

그 노인을 확인하는 순간 천무진은 놀란 듯 눈을 부릅떴다.

친숙한 얼굴.

다시는 보지 못할 거라 생각했던 그 얼굴을 보게 되자 말로 표현하기 힘든 복잡한 감정이 치밀어 올랐다.

남윤(楠潤)이라는 이름을 지닌 노인으로 수십 년이 넘게 이곳 장원의 잡일을 도맡아 하는 가솔이었다.

기억의 한 편을 장식하고 있던 그를 마주하자 천무진의 목소리는 떨려 왔다.

"……영감."

자신을 부르는 소리에 공손하게 남윤이 답했다.

"작은 주인님. 일어나셨습니까?"

그리웠던 얼굴, 그리고 그리웠던 목소리.

남윤을 마주하게 되자 덩달아 천무진의 머리를 가득 채우는 한 사람의 모습이 있었다.

사부였다.

"영감, 사부는 어디 계시지?"

미련을 버리지 못하고 있던 자리를 단숨에 박차고 일어나며 천무진이 물었다.

그녀에게 조종당하기 시작한 이후 사부는 두 번 자신을 찾아왔었다.

반년 정도 되었을 무렵, 그리고 그로부터 조금 더 시간이 흐른 후에 한 번 더.

그게 마지막이었다.

사부는 그날 이후 자신을 찾지 않았고, 시간이 조금 더 흐른 후에야 그분의 최후에 대해 귀동냥으로 전해 들을 수 있었다.

그때의 자신은 슬픔이나 기쁨 따위의 감정적 동요를 보이지 않던 시기였다. 감정마저도 이미 자신의 것이 아니었으니까.

그럼에도 불구하고 사흘 밤낮을 울었다.

모든 걸 잃었던 자신에게 세상을 선물해 주려 했던 유일한 사람이었기에.

다급히 사부의 안부를 물어 오는 천무진의 모습에 남윤은 손사래를 치며 말했다.

"허허, 이 늙은이가 치매에 걸렸나 확인이라도 하시는 겁니까? 나흘 전에 운행(雲行)을 떠나신 걸 그새 잊었을까 봐요?"

남윤의 입에서 운행이라는 말이 나오자 천무진은 잊고 있었던 사부의 취미를 떠올렸다.

구름처럼 다닌다는 말뜻처럼 사부는 많으면 일 년에 몇 차례, 적게는 몇 년에 한 번씩 훌쩍 길을 떠나곤 했다.

기약도 없이 떠다니다 돌아오는 그 여정을 천무진과 남윤은 운행이라 칭했다.

길면 일 년도 넘게 떠나 있곤 하던 사부였고, 이야기를 듣고 기억해 보니 이 무렵에도 한 번 길게 떠났던 적이 있는데 그게 이번이었던 것도 같았다.

운행을 떠난 지 나흘밖에 안 됐다면 만나려면 꽤나 긴 시간이 남았다는 소리다. 그렇지만 천무진은 이내 고개를 끄덕였다.

사부가 살아 있으니까.

지금으로선 그것만으로 충분했다.

말없이 앉아 있는 천무진을 조심스레 곁눈질하던 남윤이 걱정이 됐는지 물었다.

"그런데 무슨 일 있으십니까, 작은 주인님? 표정이 안 좋으신데요."

"난……."

무슨 일이 있냐는 질문에 자신의 사정에 대해 말하려던 천무진은 멈칫했다.

죽었다가 과거로 돌아왔다는 말을 어떻게 설명해야 할까?

직접 겪은 자신 또한 믿기지 않는데 다른 이에게 이 같은 이야기를 납득시킬 방도가 떠오르지 않았다.

아마 잠이 덜 깼냐는 말이나 듣기 십상일 게다.

어차피 지금 당장 자신의 말을 납득시킬 방법도 없고, 그래야 할 이유도 없었기에 천무진은 둘러대듯 상황을 넘겼다.

"별거 아냐. 그냥…… 악몽을 꿨어. 아주 긴 악몽을."

"허허, 이젠 이 늙은이가 같이 자 드리기엔 너무 커 버리셨는데 어쩌지요?"

장난스러운 남윤의 말에 천무진은 기가 막힌다는 듯 피식 웃음을 흘렸다.

"실없게 농담은."

자신도 모르게 짧은 웃음을 흘린 천무진은 이내 깜짝 놀란 듯 자신의 얼굴을 어루만졌다.

몇 년 만에 지어 보이는 웃음인지 기억조차 나지 않는다.

천무진이 이같이 작은 일에 놀랐다는 사실을 알 길이 없는 남윤으로선 자연스레 말을 이어 나가고 있었다.

"아 참, 식사 준비가 다 되어서 말씀드리러 온 건데 이러다 다 식겠습니다. 어서 오시지요."

"……알겠어, 영감. 금방 가지."

말을 끝내고 남윤이 식당으로 떠나자 홀로 남게 된 천무진은 거울 앞으로 다가가 섰다.

거울에 비치는 자신을 바라보던 천무진은 긴 숨을 내쉬고는 이내 조금씩 입을 움직이기 시작했다.

힘겹게 올린 입꼬리가 슬며시 떨려 왔다.

어색했다.

거울 속 자신이 짓고 있는 억지웃음은 분명 어색했다.

그렇지만…… 웃고 있다.

어색하지만 웃고 있는 것이다.

웃을 수 있고, 울 수도 있으며, 화를 낼 수도 있었다. 사람이라면 아무렇지 않게 해내는 그 모든 것들을 할 수 있다는 사실에 천무진은 다시금 느낄 수 있었다.

살아 있다는 것이 무엇인지를.

어색해 보이지만 스스로의 의지로 웃고 있는 자신의 얼굴이 썩 마음에 들었다.

그랬기에 또 생각이 난다.

이 모든 것들을 잃게 될 자신의 모습이.

초조함과 함께 스스로에 대한 분노가 치밀어 올랐다.

'한심하군.'

오로지 목소리 하나만으로 사람을 찾는다는 건 불가능한 일이었다.

그저 이렇게 두 손 놓고 다시금 그날이 오기를 기다려야만 하는 것인가?

물론 이대로 시간이 흐른다 해도 죽기 전의 삶보다는 훨씬 더 많은 대비를 할 수 있을 것이다.

죽기 전의 경험과 지식들이 있으니 더 빠르게 강해질 것은 자명한 사실. 거기다 아주 조금이라고는 하지만 미래에 벌어질 일을 알고 있는 것 또한 분명 도움이 될 게다.

하지만 과연 그걸로 될까?

천하제일인이 된 이후에도 그녀의 섭혼술로 추정되는 사술에 휘둘렸던 자신이다.

지금부터 남아 있는 이 시간 동안 노력한다 한들 얼마나 강해질 수 있을까?

그저 막연하게 스스로를 갈고 닦기만 해서는 앞으로의

삶이 달라질 확률은 거의 없어 보였다.

그랬기에 찾아야 했다.

강해지는 것 외에도 이 상황을 더욱더 자신 쪽으로 유리하게 만들 수 있는 방법이 필요했다.

그리고 그 모든 것의 유일한 단서인 그녀. 그렇지만 그녀를 찾을 방도가 없다는 사실이 머리를 복잡하게 만든다.

어떻게든 찾아야 한다.

단서는 아무런 것도 없지만 어떻게든 그녀를 찾아야 하는데…….

그때였다.

'……잠깐?'

놓치고 있던 뭔가가 번개처럼 머리를 때렸다.

"젠장, 왜 이걸 생각 못 했지?"

스스로에게 되물었지만 답은 이미 알고 있었다.

너무나 고통스러웠던 과거, 그런 상황이 다시 올지도 모른다는 상황에서 주어진 단서는 그녀밖에 없다고 생각했다.

물론 그건 틀린 생각은 아니었다.

지금 주어진 단서는 그녀뿐이었으니까.

허나 그녀를 찾기 위해 필요한 것이 비단 인상착의뿐이어야 할 이유는 없었다.

그녀에 대해 아는 건 목소리를 제외하곤 아무런 것도 없지만, 하나 분명히 기억하는 것들이 있지 않은가.

그녀가 해 왔던 그 많은 부탁들.

그 모든 것들이 아무런 이유도 없이 이루어지지는 않았을 터다.

자신을 조종했고, 그로 인해 뭔가 얻을 것이 있었다면 그 부탁들은 분명 의미가 있다는 소리다.

그녀라는 사람에게만 집중했기에 미처 생각지 못했던 것들.

물론 많은 시간이 들지도 모른다.

또 한참 후의 일들이라 지금 당장엔 연결 고리들이 맞아떨어지지 않을 수도 있다.

그녀가 부탁했던 그 많은 일들 속에 숨겨진 연관성을 찾는다는 건 그만큼 쉬운 일이 아닐 것이다.

그렇지만 만약에라도 자신이 해 주었던 그 모든 일들이 향하는 하나의 방향을 찾을 수만 있다면…… 그녀, 아니 어쩌면 그 뒤에 있을 그 누군가를 찾는다는 것도 불가능한 일이 아닐지 모른다.

그것이 아무리 가능성이 희박할지라도 아무런 단서조차 없는 지금 유일하게 파고들어 볼 만한 자그마한 틈이었다.

그리고 무릇 견고한 뭔가가 무너질 때는 그토록 자그마

한 균열에서부터 시작하는 법이다.

그들이 움직이기 전에 먼저 선수를 치기 위해서는 서둘러야만 했다.

정보가 필요하다.

그리고 그러기 위해서 필요한 것은 믿음직한 정보 단체다.

실력이 있으면서도 이 모든 일을 비밀스레 처리해 줄 신용이 있는 자들.

중원에 알려진 정보 단체를 찾는 건 어렵지 않았지만 적이 누군지 알지 못하는 지금 의뢰를 할 상대를 고르는 건 신중해야 할 일이었다.

허나 천무진은 고민하지 않았다.

이미 의뢰를 할 상대를 정했기 때문이다.

생각을 정리하기 무섭게 곧바로 방을 박차고 나간 천무진은 장원의 한 곳을 향해 나아갔다.

이내 그가 도착한 곳은 자그마한 창고였다.

끼이익.

창고의 문을 열어젖힌 천무진은 곧바로 안으로 걸어 들어갔다.

오랜 시간 드나들지 않아 먼지가 가득한 이곳은 특별할 것 하나 없어 보였다.

오래된 낡은 집기들만이 너저분하게 놓여 있는 창고의 내부.

　걸음을 옮기기 무섭게 피어오르는 먼지에 천무진은 미간을 살짝 찡그리며 손을 휘휘 저었다.

　"지독하군."

　천무진의 손이 벽을 더듬거리기 시작했다.

　기억의 끝자락에 남아 있는 뭔가를 찾기 위해서였다.

　손을 움직이며 그가 중얼거렸다.

　"이쯤이었던 것 같은데……."

　틱.

　중얼거림이 끝나 가는 것과 거의 동시에 손가락 끝에 뭔가가 걸렸다.

　갓난아이의 새끼손톱보다 더 자그마한 것이 살짝 튀어나와 있었다.

　손으로 만지고도 놓칠 정도로 자그마한 흔적.

　그리고 이것이 천무진이 찾고 있던 것이었다.

　천무진은 그 자그맣게 튀어나온 뭔가를 사선으로 움직였다. 그러자 창고 구석의 바닥이 움직이기 시작했다.

　크르릉.

　먼지가 보다 심하게 피어올랐기에 천무진은 소매로 가볍게 입가를 가렸다.

그러고는 이내 모습을 드러낸 지하 공간을 향해 발을 내디뎠다.

지하로 이어져 있는 긴 계단을 따라 천무진은 걸었다.

어두워야 할 지하의 비밀 공간이었지만, 내부는 마치 대낮처럼 밝았다.

양쪽에 줄지어 걸려 있는 값비싼 야명주들 덕분이다.

자체적으로 빛을 쏟아 내는 야명주는 하나만으로도 고가에 거래가 되는데, 그런 귀한 것들이 마치 백사장에 굴러다니는 조개껍데기처럼 발에 치일 정도로 많았다.

야명주뿐만이 아니었다.

걸어가는 길목 옆에 만들어진 장소들에는 한눈에 봐도 귀해 보이는 물건들이 곳곳에 자리하고 있었다.

그렇지만 천무진은 그런 것들에게는 시선조차 주지 않고 계속해서 나아갔다.

그렇게 걸음을 옮기던 천무진이 멈추어 선 곳.

그건 다름 아닌 낡은 사당 앞이었다.

지하도 내부에 있는 사당에는 수많은 위패들이 자리하고 있었다.

수십 개가 넘는 위패들이 줄지어져 서 있는 곳으로 다가간 천무진은 향 하나를 들어 올렸다.

퉁.

손가락을 퉁기자 가볍게 피어오른 불씨가 향에 옮겨 붙었다.

스멀스멀 피어오르기 시작한 연기를 바라보며 천무진은 앞에 놓여 있는 향로에 향을 꽂았다.

이곳은 대대로 천무진이 속한 문파 인물들의 위패를 모셔 놓은 사당이었다.

포권으로 마지막 예를 취한 천무진은 이내 향로의 옆으로 시선을 돌렸다. 그곳에는 커다란 항아리 하나가 나무 뚜껑에 덮여 있었다.

세월의 흔적이 고스란히 느껴지는 검은 빛의 항아리 뚜껑을 천무진이 옆으로 돌렸다.

그러자 항아리에 꽉 맞춰져 있던 뚜껑이 소리를 내며 들어 올려졌다.

그렇게 드러난 항아리의 내부.

그 안에는 비취색 옥으로 된 구슬들이 가득했다.

천무진은 항아리에 잔뜩 들어가 있는 옥구슬을 하나 꺼내어 들었다.

옥구슬에는 천(天)이라는 글자가 새겨져 있었다.

천무진이 나지막이 중얼거렸다.

"이건가?"

이야기만 들었을 뿐이지 직접 본 건 그 또한 이번이 처음이었다.

사부가 자리를 비운 상황이라 직접 물어볼 수는 없었지만 이것이 자신이 찾는 물건이 맞는지 확인할 간단한 방법이 있었다.

천무진이 손바닥 위에 있는 옥구슬에 내력을 흘려보냈다.

이해할 수 없는 행동을 하는 바로 그때 놀라운 일이 벌어졌다.

옥구슬의 비취색이 점점 옅어지는가 싶더니, 이내 피처럼 붉은색으로 변해 가기 시작한 것이다.

천무진은 신기하다는 듯한 눈빛으로 손에 쥐고 있던 옥구슬을 살폈다.

지금은 구할 수도 없는 특별한 옥으로 제작된 이 구슬들은 내공을 불어넣는 순간 색이 변하는 특성을 지녔다.

그리고 한번 붉게 변하면 다시는 비취색으로 돌아오지 않는 물건이었다.

이토록 신묘한 반응을 보이는 걸 보니 이것이 천루옥(天淚玉)이 확실했다.

천무진은 망설임 없이 항아리 안에 들어 있는 여러 개의 천루옥 중에 하나를 더 꺼내어 들었다.

아직 사용하지 않아 밝은 비취색을 쏟아 내는 천루옥을 바라보며 그가 나지막이 입을 열었다.

"······찾았다."

*　　　　*　　　　*

천무진은 고아였다.

이상하게 어릴 때의 기억은 잘 나지 않는다. 그나마 뚜렷한 기억은 사부의 넓은 등에 업혀 이곳으로 들어오던 것에서부터 시작되었다.

당시 천무진의 나이는 채 열 살이 되지 않았는데, 무슨 일이 있었는지 피투성이가 되어 길바닥에 버려져 있었다고 한다.

아마도 그 충격으로 천무진은 그 전의 일들에 대한 기억을 거의 하지 못하는 듯싶었다.

피투성이의 그를 발견한 것이 바로 사부였다.

흠칫 두들겨 맞아 오늘내일할 정도로 큰 부상을 입은 어린아이를 사부는 차마 모른 척하지 못했던 것이다.

그런 그에게 업혀 오게 된 이 장원이 천무진의 집이 될 거라곤 당시엔 상상조차 할 수 없었다.

얼마나 심하게 두들겨 맞았는지 정신을 차리는 데에만 보름이 걸렸다 했다.

그리고 걷기까지는 무려 두 달이 넘는 시간이 더 소요됐다.

간신히 목숨을 건진 천무진을 두고 사부는 깊은 고민을 했다.

조그맸던 그 아이를 옆에 두고 싶었던 탓이다.

그런 의미로 천무진은 운이 좋았다.

마침 사부는 문파의 대를 이을 제자를 찾는 중이었고, 천무진은 여러 가지 분야에서 적임자였다.

뛰어난 근골과 적당한 나이.

거기다 어린 나이임에도 불구하고 상처받은 맹수처럼 사납게 빛나는 눈빛이 사부는 마음에 들었다고 했다.

며칠의 고민 끝에 사부는 천무진을 자신의 제자, 즉 단 한 명에게만 무공을 전수하는 일인전승(一人傳承)의 문파인 천룡성(天龍城)의 후계자로 받아들였다.

그리고 어렸던 그에게 천무진이라는 이름도 내려 줬다.

고작 스승과 제자 단둘로만 이루어진 문파.

그런 이들에게 성(城)이라는 글자가 붙은 문파의 이름은 과분하다 못해 오만하다고 여겨질 법도 했다.

하물며 하늘의 용인 천룡이라니.

허나 천룡성의 정체를 아는 이들이라면 그 누구도 이 이름이 과하다는 말을 입에 올릴 수 없을 것이다.

천룡성은 무림의 전설이었다.

그들은 어디에나 있고, 또 어디에도 없다.

실체조차 확실하지 않은 그들은 세상의 기억 속에서 완전히 사라져 있다가도, 무림을 뒤흔드는 커다란 사건이 생길 때마다 귀신처럼 모습을 드러내곤 했다.

그리고 그들은 언제나 혼란스러운 강호를 지켜 내고는 다시금 연기처럼 사라졌다.

마치 처음부터 없었던 이들이기라도 한 것처럼.

당연히 그런 천룡성에게 은혜를 입은 이들은 구름처럼 많았고, 세월이 쌓이고 쌓여 무림의 커다란 문파들은 그들과 일종의 맹약을 맺게 된다.

천도(天道)의 맹약(盟約).

수백 년 전부터 이어져 내려오는 그 맹약의 내용은 간단했다.

천룡성의 부탁이라면 돕는다.

허나 여기엔 큰 문제가 하나 있었다.

천룡성 자체가 비밀에 싸인 신비의 문파였고, 그 때문에 그들의 부탁인지 확인할 방도가 없었던 것이다. 그렇지만 그런 문제는 금방 해결됐다.

바로 이제는 세상에서 찾을 수 없는 천루옥이 있었기 때문이다.

진짜 천룡성의 부탁인지 확인하기 위해서는 건네받은 옥구슬에 내공을 사용해야 했고, 그렇게 되면 색이 바라는 특이한 성질을 지닌 물건, 즉 천루옥이 증표가 되었다.

단 한 번만 사용 가능한 옥이었기에 다른 이가 나쁜 생각을 지니고 거짓 부탁을 한다는 것 또한 불가능했다.

색이 변해 버린 천루옥은 이미 그 가치를 잃은 물건이 되어 버리니까.

그리고 그 천루옥이 지금 의뢰를 위해 천무진의 손을 떠난 상황이었다.

의뢰는 자신이 직접 움직이지 않고, 이곳 장원의 유일한 가솔인 남윤을 통해 서찰과 함께 천루옥을 전달하는 것으로 뜻을 전했다.

과거로 돌아온 천무진은 아직까지 단 한 번도 천룡성의 장원 바깥으로 나선 적이 없었다.

돌아온 지 거의 이십 일 가까운 시간이 지났음에도 불구하고 장원 바깥으로 한 걸음도 내딛지 않은 건 시간이 필요해서였다.

본래 자신의 모습을 찾기 위한 시간이 말이다.

과거로 온 덕분에 몸은 멀쩡하게 돌아와 있었지만 긴 시간 동안 쌓여 온 정신적인 문제들은 아직 남아 있었기에 이것들을 조금씩 안정시키는 것 또한 중요했다.

그리고 그 시간 동안 스스로의 상태도 점검했다.

천하제일인의 자리에까지 올랐던 천무진이니 지금의 상

태가 만족스러울 리가 없었다.

허나 이미 한번 내디뎠던 길이다.

처음 가는 것보다 훨씬 빨라질 건 자명한 사실, 필요한 건 시간과 그에 맞는 노력뿐이다.

예전 그때의 무공 실력을 따라잡으려면 상당히 많은 시간이 필요하겠지만 그나마 다행인 건 조급하고 두려움 가득했던 마음이 조금씩 안정기에 들어서고 있다는 점이었다.

가부좌를 튼 채로 심법을 운용하고 있던 천무진이 천천히 눈을 떴다.

복잡했던 머리가 한결 나아진 상황.

천무진은 힐끔 방에 있는 창을 통해 바깥을 살폈다. 해가 중천에 뜬 걸 보아하니 얼추 점심 식사를 할 시간이 된 듯싶었다.

천무진이 자리에서 벌떡 일어났다.

시간이 된 것이다.

그는 미리 준비해 두었던 자그마한 전낭 하나만을 챙긴 채 어딘가로 걸음을 옮겼다.

그런 그가 도착한 곳에는 남윤이 자리하고 있었다.

식사 준비를 하던 그가 갑작스레 찾아온 천무진을 보고는 눈을 동그랗게 뜬 채로 물었다.

"이리 급히 어쩐 일이십니까?"

한동안 방 바깥으로도 나오지 않던 천무진을 걱정하던 차다.

그러던 그가 이렇게 직접 찾아오자 남윤은 뭔가 할 말이 있어서라는 걸 금세 알아차렸다.

천무진이 말했다.

"영감, 나 잠깐 나갔다가 올게."

"식사는 어쩌시고요?"

"나가서 해결해야 할 것 같아. 한 오십 일 정도 걸릴 거야. 좀 멀리 다녀와야 해서."

"오십 일이나요?"

생각보다 긴 시간에 놀란 듯 되묻는 남윤을 향해 천무진은 고개를 끄덕였다. 그러고는 곧바로 말을 이었다.

"아, 혹시나 그사이에 사부님한테 연락이 닿을 기회가 있으면 내가 찾는다고 좀 전해 줘, 영감."

"그리하지요."

운행을 떠나면 연락이 닿는 경우는 거의 없었지만 혹시나 하는 생각에 이야기를 전해 달라 부탁을 남긴 것이다.

천무진이 이토록 사부에게 급히 연락을 취하려는 건 그녀가 자신을 노렸던 이유가 혹여 천룡성의 후계자이기 때문일 수도 있다는 가정 때문이었다.

천룡성과 관계된 일이라면 사부가 자신보다 많은 걸 알고 있을 테니 그것에 대해 물어보려 하는 것이다.

허나 먼저 연락을 할 수 없는 지금으로선 천무진 스스로가 할 수 있는 일부터 해야만 했다.

발걸음을 돌리고 나아가는 그의 뒤편에서 남윤이 인사를 건넸다.

"조심해서 다녀오십시오. 작은 주인님."

고개를 돌려 짧은 눈인사를 건넨 천무진은 곧바로 장원의 입구를 향해 나아갔다.

장원의 입구는 주방과 그리 멀지 않았기에, 금세 도착할 수 있었다.

그리고 마침내 도착한 입구에서는 커다란 문이 천무진을 반겼다.

주로 신비의 문파라 하면 깊은 산속, 녹림이 우거지고 사람의 인적이 없어 찾기 힘든 비밀스러운 장소 따위를 생각하기 쉽겠지만…….

천무진이 천천히 문에 손을 가져다 댔다.

끼이이익.

문이 열리며 드러난 장원 바깥의 세상.

문이 열리는 순간 드러난 것들은 수려한 자연 경관이 아닌 근처를 오고 가는 수많은 사람들의 모습이었다.

우습게도 이곳 천룡성의 장원은 도심에 자리하고 있었다.

오히려 등잔 밑이 어둡다고 해야 할까?

세상 그 누가 전설처럼 내려오는 문파인 천룡성이 이곳 사천성의 성도와 그리 멀지 않은 자양(資陽)이라는 커다란 마을에 대놓고 떡하니 자리하고 있을 거라 생각하겠는가.

"후우."

열린 문 앞에 선 채로 천무진은 길게 심호흡을 했다.

이 한 걸음, 자신의 의지로 다시금 세상을 향해 내딛는 이 한 걸음이 결코 가볍지 않았다.

십몇 년 만에 스스로의 의지로 내딛는 걸음이었으니까.

이곳을 나서는 그 순간부터 자신은 다시금 위험에 노출될지도 모른다.

그렇지만 하염없이 장원 안에서 숨죽인 채로 그녀가 찾아올 그날을 두려워만 하며 살고 싶지는 않았으니까.

그때와 같은 삶을 살지 않기 위해서, 자신의 의지로 살아가기 위해선 이 한 걸음이 필요하다는 걸 누구보다 잘 알고 있는 그였다.

그랬기에 천무진은 용기를 냈다.

스윽.

슬며시 들어 올린 천무진의 한쪽 발이 문지방을 넘어섰다.

그리고 이내 그 발이 문지방의 건너편 땅을 딛는 순간 천무진은 자신의 세상이 크게 요동쳤다고 느꼈다.

내디딘 한 걸음.

천무진은 이내 아직 나오지 못했던 반대편 발을 움직였다. 그렇게 두 발 모두 장원 바깥으로 나온 상황에서 천무진은 고개를 들어 하늘을 올려다봤다.

날씨는 좋고, 바람은 선선하다.

기분이 절로 좋아질 수밖에 없는 그런 날.

……여행을 떠나기 아주 좋은 날이었다.

*   *   *

사천성의 중앙 부분에 위치한 서창(西昌)이라는 마을은 큰 번화가였다.

관도와 맞닿아 있는 덕분에 교통이 편리하고, 성도와 멀지 않은 지리적 이점도 지닌 마을이었다.

천무진은 이곳에서 만남을 잡았고, 그 때문에 서창에 모습을 드러낸 것이다.

같은 사천이기는 하지만 성도를 중심으로 천룡성의 장원이 있는 자양과는 반대쪽에 위치한 이곳을 군이 약속 장소로 잡은 건 자신들의 거점과 그래도 어느 정도 떨어진 곳에서 만나는 것이 낫다 판단했기 때문이다.

서창에 도착한 천무진이 들어선 곳, 그곳은 다름 아닌 명도객잔이라는 장소였다.

명도객잔은 예로부터 서창의 명소 중 하나였다.

이곳에만 있는 특산주인 명신주(銘身酒)는 사천에서도 알아주는 술이다.

거기에 삼 층으로 된 객잔은 꽤나 커서 하루 종일 많은 이들이 오고 가는 장소이기도 했다.

그리고 천무진은 오늘 이 객잔에서 의뢰를 한 정보 단체 쪽 사람과 만나기로 약속이 되어 있었다.

복식이 그리 화려하진 않았지만 한눈에 봐도 귀티가 흐르는 천무진에게 어린 점소이가 빠르게 달려왔다.

"어서 옵쇼!"

인사를 하는 점소이를 두고 객잔 내부에 있는 이들을 스윽 둘러보던 천무진이 입을 열었다.

"삼 층에 방 하나 내줘."

말과 함께 손에 자그마한 은자를 건네자 어린 점소이의 눈이 휘둥그레졌다.

이거면 그가 며칠 동안 받는 급여보다도 훨씬 더 많은 금액이었으니까.

뺏길세라 황급히 품 안에 은자를 챙긴 어린 점소이가 싱글벙글한 얼굴로 말을 받았다.

"어휴, 딱 한 개 남아 있는데 운이 좋으십니다, 대협. 그럼 모시지요."

천무진은 신나는 걸음걸이로 앞장서서 걷는 점소이의 뒤를 따라 걸었다.

삼 층으로 올라선 천무진은 이내 안쪽에 위치한 방 한 곳으로 안내를 받을 수 있었다.

문을 연 어린 점소이가 자신 있게 말했다.

"여깁니다. 저희 객잔에서 손꼽을 정도로 경관이 끝내주는 방이지요."

"그래, 고맙다."

말을 마친 천무진이 창가와 가까운 자리에 가서 앉자 점소이가 조심스레 물었다.

"저기 그럼 주문은……."

"조금 있다가 하지. 올 사람이 있어서. 아, 명신주는 하나 가져다주면 좋겠군."

"바로 대령하죠."

재빠르게 방을 빠져나갔던 어린 점소이는 곧 명신주를 들고 나타났다. 그리고 반대편 손에는 간단한 요깃거리가 될 만한 안주가 담긴 접시가 들려져 있었다.

천무진이 입을 열기도 전에 점소이 소년은 술병을 쥔 손을 들어 올려 입에 검지를 세운 채로 재빠르게 말했다.

"쉿, 제가 하나 몰래 챙겨 왔습니다."

은자의 보답이라는 듯이 웃어 보인 그 아이는 탁자 위에 명신주와 안주가 담긴 접시를 내려놓고는 재빠르게 사라졌다.

닫힌 문을 잠시 바라보던 천무진은 명신주가 든 술병을 쥐며 중얼거렸다.

"……저 녀석은 여전하군."

어린 점소이에겐 천무진이 초면이었겠지만, 사실 둘은 본 적이 있었다.

천무진이 회귀하기 전의 삶에서 있었던 인연이다.

그녀에게 조종당하기 전, 이곳 명도객잔에 몇 차례 온 적이 있었다.

당시에도 천무진은 저 어린 점소이에게 은자를 챙겨 줬었고, 그 이후에 자신이 찾아올 때마다 이렇게 몰래 안주를 가져다주곤 했었다.

사실 그리 깊은 인연은 아니었기에 이곳에 오기 전까지는 외향이 어렴풋이밖에 기억이 나지 않았지만, 막상 마주하게 되니 단번에 알아볼 수 있었다.

명신주를 채워 넣은 잔을 천무진은 천천히 입가에 가져다 댔다.

화주를 연상케 하는 쓰디쓴 맛이 목구멍을 타고 흘러내렸다.

오랜만에 느끼는 지독히도 쓴맛에 미간은 찌푸려졌지만, 기분은 썩 괜찮았다.

화주에선 느끼기 힘든 넘길 때의 그 부드러움이 쓴맛과 묘한 조화를 이루었다.

명신주를 두어 잔 마시자 객잔 방 내부엔 은은한 향이 퍼졌다.

명신주 특유의 향이었다.

술로 입을 축인 천무진은 바로 옆에 위치한 창가에 몸을 기댔다.

바깥을 오고 가는 많은 이들이 내려다보이는 장소.

상점들과 노점들이 즐비한 길목에 위치한 객잔이었기에 시끌벅적한 소리가 밀려왔다.

천무진은 그런 시끄러운 소리를 음악 삼아 조용히 술잔을 기울였다.

그렇게 명신주 한 병을 대충 다 비워 갈 무렵.

웅성웅성.

바깥에는 시선도 주지 않고 앉아 있던 천무진이 갑자기 움찔했다.

뭔가가 이상하다는 걸 눈치챈 탓이다.

시끄러운 건 여전했지만 뭔가 분위기가 미묘하게 달라졌다. 웅성거림이 조금 잦아든 듯한 느낌이 밀려들었다.

천무진의 시선이 자연스레 아래쪽의 사람들이 오고 가는 길목으로 향했다.

그리고 이내 웅성거림에 변화를 만든 뭔가를 발견할 수 있었다.

그런 사람이 있다.

아무리 많은 군중 사이에 함께 뒤섞여 있어도 시선을 잡아끄는 사람.

지금 이곳 서창의 번화가에 색다른 바람을 불어넣은 그 사람 또한 그런 사람이었다.

하얀 백의에 길게 푼 머리는 바람에 나풀거린다.

가벼운 경장 차림에, 여인이라면 당연히 있을 법한 장신구 하나 보이지 않는다.

특별히 꾸몄다기보다는 자연스러움이 물씬 풍기는 여인. 그런데 신기하게도 누구보다 빛났고, 시선을 휘어잡는 묘한 매력이 흘러넘쳤다.

이목구비는 또렷했고, 피부는 백옥처럼 하였다.

커다란 눈망울과 가냘파 보이기까지 하는 체형은 보호 본능마저 자극한다.

허나 무엇보다 눈을 끄는 것은 그런 가냘파 보이는 체형과 너무도 대비되는 한 자루의 대검(大劍)이었다.

등 뒤에 걸려 있는 검은, 여인치고 큰 키였음에도 불구하고 그녀의 머리 위로 서너 살 정도 되는 아이 하나가 서 있다는 느낌이 들 정도였다.

크기만 보고 짐작해 봤을 때 무게가 족히 백 근(60킬로그램)은 되어 보였다.

여인에게 어울리지 않는 무기, 하물며 저토록 얇은 팔로 저런 커다란 검을 들 수나 있을까 하는 의문이 들게 만든다.

한창 사람 많을 시간의 번화가를 걷는 그녀에게 많은 이들의 시선이 틀어박힌다.

너무도 아름답고, 또 특이했으니까.

허나 그런 주변의 시선은 아랑곳하지 않고 여인은 걷고 있을 뿐이었다.

거침없이 나아가던 여인이 명도객잔의 지척에 이르는 순간 발을 멈췄다.

그녀가 갑자기 고개를 휙 하니 치켜들었다.

그러고는 여인이 입을 열었다.

"어이, 이봐요."

어울리지 않는 커다란 검을 메고 다니는 여인에게 잠시 시선을 주긴 했지만 이내 관심을 끊고 다시금 술잔을 홀짝이던 천무진이다.

위쪽을 향해 소리쳤던 여인이 목소리를 조금 더 높였다.

"안 들려요?"

재차 들려오는 목소리에 그제야 그가 아래쪽으로 시선을 돌렸다.

천무진과 여인의 시선이 마주쳤다.

초면의 상대를 가만히 응시하던 천무진은 스스로를 가리키며 되물었다.

"……나?"

2장. 의뢰 —
알아야겠어

　자신을 내려다보는 천무진의 시선을 똑바로 마주한 여인이 확신 어린 목소리로 답했다.

　"네, 제가 사람 보는 눈썰미가 좀 있거든요. 그쪽이신 거 같아서요."

　밑도 끝도 없이 그쪽인 거 같다는 말에 천무진이 술잔에 있는 술을 입에 툭 털어 넣으며 대꾸했다.

　"잘못짚은 것 같은데. 난 당신 같은 사람을……."

　천무진을 물끄러미 올려다보던 여인은 갑자기 품속에 감추어 두었던 뭔가를 슬쩍 꺼내 내비쳤다.

　그리고 그 무엇인가를 확인한 천무진의 눈동자가 꿈틀거

렸다.

여인이 위에 있는 천무진만 볼 수 있도록 보여 준 건 다름 아닌 이미 내공을 주입한 탓에 붉게 변한 천루옥이었다.

그리고 변색된 천루옥을 가지고 있다는 소리는…….

자신이 연락을 취한 그곳에서 보낸 사람이라는 걸 뜻했다.

천무진은 잠시 아무런 말도 하지 않고 자신을 보고 있는 여인을 내려다봤다.

분명 자기는 서신에 확실히 믿을 수 있는 지부장급 이상을 보내 달라 말했다.

그런데 눈앞에 보이는 이는 기껏해야 이십 대 정도로밖에 보이지 않았다.

그랬기에 이 여인을 보고 그쪽에서 보내온 사람일 거라 예상치 못한 것이다. 지부장급 이상이라면 훨씬 더 나이가 있을 거라 생각했으니까.

그때 등에 걸치고 있는 커다란 대검을 손으로 툭 치면서 여인이 물었다.

"등 뒤에 달고 다니는 이게 좀 크다 보니 길목에 이렇게 서 있는 것도 주변에 민폐거든요. 일단 그쪽으로 올라가도 될까요?"

말을 하는 여인을 내려다보는 천무진의 표정은 복잡했다.

그 이유는 자신에게 말을 걸어오는 상대가 여인이었기 때문이다.

지금 저 아래에서 대검을 등에 짊어진 채로 서 있는 여인과 자신을 조종했던 그녀의 목소리는 확연하게 달랐다.

죽어서도 잊지 못할 그 목소리.

그랬기에 저 여인이 자신이 찾고 있는 그녀가 아니라는 건 확신할 수 있었다.

허나 고통스러웠던 기억 때문인지 그녀가 아니라는 걸 확신하면서도 왠지 모르게 여인이라면 찜찜했다.

말없이 내려다보기만 하는 천무진의 모습에 아래에 서 있던 여인은 괜스레 표정을 찡그리며 어깨를 어루만졌다.

방금 전까지는 아무렇지 않던 대검이 갑자기 무겁기라도 하다는 듯이 말이다.

그런 여인의 모습에 기가 찼지만…….

그녀가 보라는 듯 뻐근한 척 어깨를 움직이며 재차 물었다.

"힘들어서 그런데 올라가도 될까요?"

천무진은 짧게 한숨을 내쉬었다.

과거의 기억 때문에 눈앞에 나타난 상대가 여인이라는 사실이 내키진 않았지만 당장에 도움이 필요한 것은 자신이었다.

그가 입을 열었다.

"……우선은."

승낙이 떨어지자 예상대로 그녀는 언제 그랬냐는 듯 힘든 척을 멈추고 빠르게 천무진이 머무는 객잔의 입구로 향했다.

객잔 입구로 모습을 감추는 여인을 보며 천무진은 떨떠름한 표정을 지었다. 회귀 전의 삶을 바꾸기 위해 시작한 첫 계획부터 미묘하게 어그러졌다는 느낌 때문이다.

허나 생각이 채 길어지기도 전에 멀리에서부터 들려오던 발걸음 소리가 방문 앞에 이르러 잦아들었다.

그리고 소리가 멈춤과 동시에 닫혀 있던 문이 열렸다.

드르륵.

자연스레 천무진의 눈은 소리가 난 문 쪽으로 향했고, 그곳에는 그녀가 있었다.

눈처럼 새하얀 백의에 그보다 더욱 하얗다 느껴지는 맑은 피부.

왜 이 여인이 그토록 많은 사람들 속에서도 단연 시선을 잡아끌었던 것인지 다시금 느낄 수 있을 정도로 압도적인 미모였다.

하지만 천무진의 시선은 그토록 빼어난 여인의 외모보다는 그녀의 등 뒤에 달린 대검으로 향해 있었다.

멀리서 보았을 때도 무척이나 크다 생각했는데 거리가 가까워지자 그 거대한 크기가 훨씬 더 강렬하게 체감이 됐다.

가녀려 보이는 외향에 전혀 맞지 않는 엄청난 크기의 대검. 그런데 그 묘한 조합이 이상하게도 어울린다는 생각이 들었다.

대검을 등에 짊어진 채로 성큼 방 안으로 들어서는 여인에게서는 가녀린 외향과는 달리 산을 찢어 버릴 것만 같은 박력이 느껴졌다.

잠시 그녀의 모습을 보고 있던 천무진이 다가오려는 여인을 향해 싸늘하게 입을 열었다.

"들어오기 전에 증표부터 확인했으면 하는데."

방금 전 품 안에 있는 천루옥을 보긴 했지만, 이야기를 나누기 전에 확실하게 확인하기 위해서다.

천무진의 말에 잠시 발걸음을 멈췄던 그녀는 이내 품 안에 들어 있던 천루옥을 꺼내어 던졌다.

탁.

가볍게 천루옥을 받아 챈 천무진은 이내 그것이 진짜인지 확인을 시작했다.

내공이 주입되어 원래의 색을 잃고 붉게 변한 천루옥의 안에 또렷하게 천(天)이라는 글자가 자리하고 있었다.

거기에 천루옥 특유의 재질까지.

확실한 진품이다.

천루옥의 상태를 확인하는 천무진을 바라보던 여인이 입을 열었다.

"보기와 다르게 꽤 치밀한 성격이시네요."

"당한 게 좀 있어서. 칭찬이라고 듣지."

짤막하게 대답하는 천무진의 모습에 여인이 뜻 모를 표정을 지은 채 묵묵히 서 있었다.

확인을 마친 천무진이 고개를 들자 여인이 기다렸다는 듯 물었다.

"확인은 되셨어요?"

"들어와. 아무래도 해야 할 이야기들이 좀 있을 것 같은데."

승낙이 떨어지자 그 자리에 가만히 서 있던 여인이 성큼 들어와 천무진의 맞은편으로 다가왔다.

긴 대검을 슬쩍 눕히듯 고쳐 메며 그녀가 자리에 앉을 때였다.

천무진이 쥐고 있던 천루옥을 강하게 움켜쥐었다.

으드득.

소리와 함께 천루옥이 깨어져 산산조각이 나며 탁자 한편에 어지럽게 떨어져 내렸다. 그런 그의 행동에 여인이 눈을 동그랗게 뜨고 물었다.

"그 귀한 걸 왜 그냥 부숴요?"

"이대로 놔뒀다가는 어떻게 쓰일지 모르니까."

사용된 천루옥은 특별한 경우가 아니고서는 회수한다. 추후에 계약의 거짓 증표로 사용됨을 막기 위함이다.

천룡성이라는 문파는 그 이름 하나만으로도 중원의 많은 것들을 뒤흔들 만한 파급력이 있었고, 당연히 그걸 이용하려는 이들도 많았다.

짧은 설명이었지만 그것만으로 얼추 무슨 의미인지 알아챘는지 여인은 고개를 끄덕였다.

자리에 마주한 두 사람의 시선이 서로를 향했다.

탁자 바로 옆에 있는 창문을 통해 한 줄기의 바람이 스며들 때였다.

동시에 밀려드는 향기.

그 향기를 맡는 순간 천무진은 다시금 이 여인이 자신을 괴롭혔던 그녀가 아님을 확인할 수 있었다.

신기하게도 이 여인에게서는 일반적인 여성에게서 날 법한 향수나 분 냄새가 전혀 느껴지지 않았다.

머리카락에서 살짝 풍겨져 나오는 은은한 진달래향이 전부였다.

그 반면 얼굴조차 기억나지 않는 그녀에게선 언제나 강렬한 향내가 났다.

물론 자주 바뀌긴 했지만 언제나 진한 향이 났었던 건 기억한다.

그녀는 여인이었지만, 지금 눈앞에 있는 이 여자는……무인이다.

천무진이 앞에 놓여 있는 술잔을 손가락으로 돌리며 말했다.

"그런데 내가 분명 그쪽에 지부장급 이상을 보내 달라고 했던 걸로 기억하는데……."

"네, 알고 있어요. 그래서 제가 왔죠."

"그 말은 그쪽이 지부장급 이상이라는 말인가?"

"말이 나왔으니 정식으로 제 소개를 하죠."

자리에 앉은 채로 여인이 포권을 취하며 천천히 말을 이었다.

"적화신루(赤花神樓) 사총관 백아린(白娥燐)이에요."

"사총관?"

"네, 그쪽이 말하신 지부장보다 훨씬 더 높은 총관 중 한 명이죠."

백아린이라는 이름의 여인은 '훨씬'이라는 단어에 한껏 힘을 주며 말했다.

현재 중원의 정보 단체에 대해 거론하면 빠지지 않는 이름들이 있다.

정파를 대표하는 구파일방(九派一幇)의 하나이자 거지들의 집합소인 개방.

그들의 정보력은 상상을 초월한다 알려져 있다.

각지에 퍼져 있는 거지들이 사소한 모든 일들을 긁어모으는데, 그것들이 모이고 모여 커다란 정보망을 형성한다.

두 번째로는 하오문이다.

하오문은 개방과 비슷하게 천한 삶을 살아가는 이들이 모여 만든 단체다.

소매치기, 기루의 기녀 같은 위험한 일에 휘말리기 쉬운 이들이 주류를 이룬다.

점조직으로 운영되고, 스스로가 하오문의 문도라는 사실을 모르는 경우도 많아 개방만큼 결속력이 크진 않지만, 뒷골목의 삶을 살아가는 만큼 비밀스러운 정보들이 꽤나 많다.

세 번째는 귀문곡(鬼問谷).

귀신조차 질문을 한다는 이름처럼 많은 정보를 지닌 이들이다. 주로 마교와 사파 쪽의 정보통으로 이용되고, 휘하에 귀살(鬼殺)이라는 이름의 살수 단체까지 지니고 있어 직접 청부 살인까지 벌이는 이들이기도 했다.

그리고 마지막 네 번째가 바로 천무진이 선택한 적화신루(赤花神樓).

적화신루는 나머지 세 개에 비한다면 부족한 것이 사실이다. 허나 그럼에도 불구하고 이들을 같은 선상에 놓은 이유는 앞으로 벌어질 일을 천무진이 알고 있기 때문이다.

사실 그녀의 손아귀에서 놀아난 이후로는 주변의 다른 건 거의 신경을 쓰지 못했다.

정신을 반쯤 빼앗긴 상황에 자의로 뭔가를 궁금해할 상황이 아니었으니까.

그랬기에 가만히 있어도 귀에 들어올 정도의 큰 사건들 일부를 제외하고는 세상에서 벌어지는 일들 대부분을 알지 못했었다.

하지만 그 와중에도 알 수밖에 없었던 큰 사건.

바로 적화신루 루주에 관련된 일들이다.

정보 단체 중에서도 자신들의 정체를 꼭꼭 숨기기로 유명한 그들의 수장이 당시 천하에서 다섯 손가락 안에 드는 고수를 무릎 꿇린 초유의 사태가 벌어진 것이다.

정보 단체이긴 하지만 그래도 그들의 우두머리, 어느 정도의 무력을 지닌 것은 당연했지만 그 실력이 중원에서 다섯 손가락 안에 드는 이를 꺾을 수준이라면 이야기는 달라진다.

거기에 그는 개인적인 능력뿐만이 아니라 판을 읽는 눈 또한 있는 인물이었던 듯싶다.

그 소문의 열기가 채 식기도 전에 과감할 만큼 빠른 결단력으로 세 번째로 언급했던 귀문곡에 속한 살수단인 귀살을 단신으로 쓸어버린 것이다.

귀문곡의 팔다리라 불리는 귀살을 잘라 버린 그는 곧바로 그들을 휘하에 넣으면서, 적화신루는 일약 가장 큰 정보 단체로 급부상한다.

그렇게 최고가 되는 적화신루, 그렇지만 천무진이 그들을 선택한 이유는 그 때문이 아니다.

아니, 오히려 그것이 이유였다면 천무진의 입장에서는 가장 피해야 할 상대였을 것이다.

단기간에 빠른 성장을 했다는 말은 곧 그만큼 그들의 뒤에 자신이 모르는 뭔가가 얽혀 있을 수 있다는 말이니까.

그리고 자신이 모를 그 무엇인가가 있다면 그건 지금 찾고 있는 그들과 연관되었을 공산이 컸다.

그럼에도 불구하고 적화신루를 선택한 이유는 하나였다.

그들이 여타의 다른 정보 단체보다 믿을 수 있는 존재라는 사실을 알고 있으니까.

천무진을 조종했던 그녀.

그녀가 천무진에게 적화신루를 없애 주었으면 하는 속내를 보였던 적이 있었고, 그건 지금 그들을 믿을 수 있는 결정적 증거가 되어 줬다.

그녀의 표적이었다는 것.

그만큼 적화신루가 그들과 연관되어 있지 않다는 확실한 증거는 없었으니까.

그녀가 적화신루를 표적으로 삼았을 그때에는 천무진이 다른 부탁을 들어주다 큰 부상을 당하는 바람에 쉽사리 거동하지 못할 때였다.

당연히 적화신루를 멸문시켜 달라는 부탁은 지연되고 있었다.

그러던 중 벌어진 갑작스러운 사건.

귀문곡을 흡수하며 일약 최고의 정보 단체로 떠오른 적화신루, 그렇지만 그로부터 몇 년 지나지 않은 시점에 그들은 세상에서 사라졌다.

정확히 말하자면 다시는 재건할 수 없을 정도로 완벽히 뿌리째 뽑혀 나갔다는 말이 맞을 게다.

그들은 비참한 최후를 맞았고, 그곳에서 적화신루의 루주 또한 숨을 거뒀다 들었다.

당시엔 아무 생각이 없었지만, 지금은 어느 정도 예상이 간다.

그토록 커다란 정보력을 지닌 단체를 순식간에 쓸어버렸다는 건 그만큼 큰 힘이 있어야만 가능한 일이니까.

아마도 자신이 찾는 그들의 소행일 확률이 높다.

그리고 그토록 다급히 움직인 걸 보면 자신이 낫는 걸 기다리기 힘들 정도로 적화신루가 큰 방해 요소였다는 걸 어렴풋이나마 짐작할 수 있었다.

뛰어난 정보력과 그녀의 입에서 직접 나온 정황 증거까지.

자신을 조종했던 이들이 무림의 어디까지 파고들었을지 모르는 지금 그들의 제거 대상이었던 적화신루는 최선의 선택일 수밖에 없었다.

천무진이 백아린에게 물었다.

"사총관이라면 총관이 여러 명이라는 소린가?"

"네, 총관이 몇 명 있고 각자 몇 개의 지부를 관리하는 개념이라고 보시면 돼요."

"흐음."

짧게 소리를 토해 내는 천무진을 향해 백아린이 물었다.

"왜요? 제가 별로 믿음직스럽지 않은가 봐요?"

"뭐 그보단 생각보다 어려서 조금 놀란 것뿐이야."

"그건 그쪽도 마찬가지죠 뭐. 저도 훨씬 더 연배가 있는 사람을 생각하고 왔거든요."

"젊은 나이에 적화신루의 총관이라…… 제법 능력이 있나 보군."

"그건 제 입으로 말하기보다는 차차 보시다 보면 알겠죠?"

"왜 우리가 계속 볼 거라 생각하는 거지?"

"어떤 일 때문인지는 모르지만, 전설의 문파인 천룡성의 인물이 스스로 모습을 드러내고 연락을 줬다는 건 분명 뭔가가 벌어진다는 뜻이니까요. 천룡성의 일은 전적으로 제가 담당하기로 되어 있으니 어쩌면 우리 둘…… 생각보다 오래 보는 사이가 될지도 모르겠네요."

백아린의 말에 천무진은 별다른 대답 없이 턱을 어루만졌다.

그녀의 말이 맞기 때문이다.

적화신루 총관의 위치에 오른 게 우연은 아니라는 걸 느끼게 해 주는 대답이었다.

허나 단번에 속내를 읽힌 것이 마음에 안 들었는지 천무진이 슬쩍 화제를 돌렸다.

"그 무기, 들고 다니기 상당히 거추장스러운 것 같은데."

백아린이 슬쩍 자신의 뒤편에 눕듯이 자리하고 있는 대검을 향해 시선을 주더니 이내 물었다.

"왜요? 멋으로 들고 다니는 것 같아요?"

"아니, 그렇게 말하기에는 그쪽하고 너무 잘 어울리는 걸 보니 그건 아닌 듯싶어. 대검 손잡이랑 손바닥에 잡힌 굳은살의 크기도 일치하고."

"호오."

백아린이 대단하다는 듯 눈을 빛냈다.

그 짧은 시간 안에 손 안쪽이라 잘 보이지도 않을 굳은살까지 확인하다니…… 대단한 눈썰미라 생각한 것이다.

백아린이 신기하다는 듯 말했다.

"처음인 거 알아요?"

술잔에 술을 채우던 천무진이 힐끔 그녀를 바라보며 물었다.

"뭘?"

"이 대검이 저한테 잘 어울린다고 한 사람이요. 당신이 처음이라고요."

"……그래?"

"네, 사람들은 제가 멋으로 이런 대검을 들고 다닌다고 생각하더라고요. 그래서인지 많은 사람들이 묻더군요. 그런 큰 무기를 제대로 쓸 수나 있냐고. 그래서 직접 보여 주곤 했어요."

"보더니 뭐라고 하던데?"

"대답은 못 들었죠."

"왜?"

"왜긴요."

말을 받았던 그녀가 웃는 얼굴로 말을 이었다.

"대답을 할 수 있는 상태가 아니었거든요."

웃으며 하는 대답 속에는 뼈가 실려 있었다.

전부 박살을 냈다는 소리일 게다.

그녀의 자신만만한 대답이 나온 이후 둘 사이에 잠시 침묵이 흐르는 그때였다.

백아린이 입을 열었다.

"자자, 그럼 서로 간 보기는 어느 정도 끝난 거 같은데 본론으로 들어갈까요? 저희에게 의뢰를 하시려고 하는 건 뭐죠?"

"여기."

천무진은 미리 준비해 왔던 서찰 한 장을 내밀었다. 그리고는 이내 말을 이었다.

"그 안에 적힌 자에 대해 조사를 좀 해 줬으면 하는데. 연관된 세력들이나 평소 친분 있는 이들도 알아봐 줬음 해. 어렸을 때의 기록부터 뭔가 조금이라도 의문스러운 부분은 모조리 다."

의뢰의 내용을 전해 들은 백아린은 손가락으로 서찰을 가리키며 물었다.

"지금 확인해도 괜찮죠?"

"나야 빠를수록 좋지."

그녀가 서찰을 펴는 사이 천무진은 술잔에 따랐던 술을

가볍게 입에 털어 넣었다.

그리고 그런 그의 앞에서 묵묵히 서찰의 내용을 확인하던 백아린은 고개를 갸웃했다.

"음…… 의외네요."

"뭐가?"

"생각보다 너무 작은 건수라서요."

기대가 컸는지 아쉽다는 표정을 지어 보이는 그녀의 모습에 천무진이 물었다.

"대체 뭘 기대한 건데?"

"천룡성이 움직였으니 막 무림맹 내부의 감춰진 비밀을 파헤쳐라, 아니면 마교 교주의 사생아가 있다는데 그자를 찾아라 등등 뭐 이런 흥미진진한 뭔가를 기대했죠."

"그건 너무 나간 거 아냐?"

당황스러운 말을 쭉 늘어놓는 백아린의 모습에 천무진이 기가 차다는 듯한 표정을 지어 보였다.

그녀가 말했다.

"그래도 천룡성의 의뢰인데 그 정도는 생각했죠. 그런데 양휴라…… 혹시 이 사람 저희가 모르는 뭐 대단한 사람이에요?"

"그걸 다 알면 왜 당신들에게 알아봐 달라고 부탁을 했겠어."

"우선 알겠어요. 당장에는 작아 보여도 천룡성의 의뢰니 뭔가 있겠죠."

서찰을 품 안에 넣은 백아린이 고개를 끄덕였다.

그녀가 생각보다 작은 건수라 여기는 건 당연했다.

양휴는 이전의 삶에서 그녀의 첫 부탁으로 죽여 준 상대였지만 강호에서 손꼽히는 인물은 아니었다.

섬서에서 알아주는 무인, 그리고 그것도 몇 년 후의 일이니 지금은 그때보다도 이름이 덜 알려진 시기일 것이다.

얼추 의뢰에 대한 대화가 끝나자 천무진이 술잔을 채우고는 슬그머니 입을 열었다.

"그런데 자꾸 아까부터 신경 쓰여서 그러는데 하나만 묻지."

"얼마든지요."

"소매 속에 뭐가 있는 거야? 자꾸 뭔가가 꿈틀거리는데."

"아, 이거요?"

사실 아까부터 말만 안 했을 뿐이지 백아린의 소매에서는 계속해서 미묘한 움직임이 느껴졌다.

그리고 자그마한 기척까지도. 뛰어난 무인인 천무진이었기에 그토록 작은 움직임까지도 감지해 낼 수 있었다.

백아린은 서슴없이 소매를 슬쩍 열며 입을 열었다.

"치치."

뭔가 알 수 없는 말과 함께 안에서는 기다렸다는 듯 뭔가가 툭 하고 떨어져 내렸다.

소매 안에서 나타난 건 주먹 정도 크기의 자그마한 다람쥐였다.

갈색빛 털에 검은 줄무늬가 있는 다람쥐는 손에 옥수수 알갱이 한 알을 쥐고 있었다.

치치라는 이름의 다람쥐가 낮게 울었다.

"끼익, 끽."

생각지도 못한 다람쥐의 등장에 천무진이 당황한 기색을 감추지 못한 채 물었다.

"다람쥐?"

"네, 치치라고 제가 데리고 다니는 녀석이에요."

백아린이 손가락으로 가볍게 턱을 어루만져 주고는 이내 소맷자락을 열자 치치라는 이름의 다람쥐는 다시금 그 안으로 쏜살같이 사라졌다.

소매를 갈무리한 그녀가 웃으며 말했다.

"귀엽죠?"

"그냥 단순히 귀엽다고 데리고 다니는 건 아닌 거 같은데."

"맞아요. 이 녀석 이래 봬도 저희 적화신루의 영물이거든요. 사람 말도 알아듣고, 시키는 일들도 하곤 하죠. 종종 중요한 정보를 물어 오기도 하고요."

말을 마친 그녀가 창문을 통해 바깥을 슬쩍 확인하더니 이내 말을 이었다.

"의뢰한 일에 대해 저희 쪽에 알려야 하니 전 이만 일어나 볼게요. 내일까지 이 마을에 계실 건가요?"

"그럴 생각이야."

"제가 내일 점심 이후에 다시 찾아뵐게요. 그때 제 수하와 함께 올 수도 있는데 괜찮으시죠?"

"그건 뭐 당신 마음대로."

"그럼 내일 뵙도록 하죠."

막 자리에서 일어나려던 백아린은 뭔가 생각났는지 갑자기 손을 뻗어 천무진 앞에 놓여 있는 술잔을 들어 올렸다.

그리고는 채 무슨 말을 하기도 전에 안에 들어 있는 명신주를 입 안에 털어 넣었다.

독한 술이 목구멍을 타고 흘러내렸다.

"크으."

짧은 감탄사를 낸 그녀가 빈 잔을 탁자 위에 소리 나게 내려놓았다.

타악.

소매로 입가를 닦아 내며 백아린이 말했다.

"그리고 이런 좋은 건 좀 혼자 먹지 말고 나눠 먹고요."

벌떡 일어나 들어왔던 문 쪽으로 걸어가던 백아린이 몸

을 돌렸다.

그녀가 말했다.

"아 참, 그러고 보니 제 소개만 하고 아직까지 그쪽 이름을 못 물어봤네요."

이름을 물어 오는 백아린을 슬쩍 바라본 천무진이 이내 빈 잔을 툭툭 치며 말했다.

"천무진이야."

"천무진, 천무진이라……."

그의 이름을 읊조리던 백아린이 이내 웃으며 말을 이었다.

"괜찮은 이름이네요."

*   *   *

천무진과 만났던 명도객잔을 나선 백아린은 어딘가를 향해 움직이기 시작했다.

그렇게 약 일각 가까운 시간을 걸어 그녀가 도착한 곳은 마을 내부에 있는 좁은 골목길이었다.

골목길 내부로 들어선 그녀가 담벼락에 기대어 섰다.

백아린이 아무도 없는 허공을 향해 입을 열었다.

"어이, 이거 받아."

말과 함께 그녀는 품 안에 가지고 왔던 서찰을 하늘 위로 휙 하니 집어 던졌다.

그러자 기다렸다는 듯 담벼락 건너 어둠 속에서 손 하나가 모습을 드러내며 서찰을 잡아챘다.

이내 담벼락 건너편에서 사내의 목소리가 들려왔다.

"대장, 전설 속 사람을 만나 본 소감은 어떻습니까? 뭐막 광채가 나고 그럽디까?"

"뭐 그다지. 생각보다 젊다는 거 정도? 그리고…… 제법 눈썰미가 있더라고."

"호오, 그래요? 설마 미남입니까?"

"그게 왜 궁금한데."

"에이. 그거야……."

평소처럼 사내가 자신에게 농담을 던지려 한다는 걸 눈치챈 백아린이 칼처럼 말을 잘랐다.

"시간 없으니까 시답지 않은 소리 그만하고 그 서찰에 적힌 자에 대한 정보란 정보는 모조리 모아 달라고 해. 한시가 급한 일이라고."

"지금 저도 내용을 확인해 봤는데 그리 특별한 것 같지는 않은데요."

"뭘 모르는 소리 하긴. 천룡성의 의뢰야. 그게 무슨 뜻인지 알아?"

"글쎄요?"

담벼락 너머에서 답변 대신 들려오는 사내의 물음에 백아린이 확신에 찬 목소리로 답했다.

"무림에…… 피바람이 불 거라는 소리야. 그것도 아주 지독한."

오랜 역사 동안 강호를 지켜 오던 천룡성의 등장. 그런 그들이 모습을 드러냈다는 건 분명 큰 사건이 닥칠 거라는 걸 의미했다.

백아린이 중얼거렸다.

"그러니 우리가 알아야 하지 않겠어?"

이제는 멀어져 보이지도 않는 객잔 쪽으로 시선을 움직인 그녀가 나지막이 말을 이었다.

"……그 피바람이 어디로 향할지를."

3장. 동행 —
저희가 필요할 겁니다

"대장, 들어가도 됩니까?"

객잔 한편에 위치한 방 입구에 선 사내가 소리쳤다. 나이는 얼추 마흔 중반 정도, 인상은 전체적으로 서글서글하고 눈매도 웃는 상이다.

나이가 있음에도 제법 훤칠한 외모이긴 했지만, 한편으로는 그리 눈에 띄지 않는 특이한 인상의 소유자였다.

깔끔하게 위로 묶은 머리와 점잖아 보이는 옷차림, 그렇지만 얼굴 한편에는 나이에 어울리지 않는 장난스러움도 보인다.

한천(寒泉), 적화신루 소속의 인물로 백아린의 최측근이

자 부총관의 직책을 지닌 사내였다.

한천의 물음에 방 안에 있던 백아린이 답했다.

"들어와."

대답이 떨어지자 한천은 문을 벌컥 열고 안으로 들어섰다. 방 안에는 하얀 백의를 차려 입은 백아린이 자리하고 있었다.

그런 그녀를 보며 한천이 언제나처럼 장난스러운 행동을 취했다.

손으로 눈을 가리며 그가 탄성을 내질렀다.

"크으, 우리 대장님은 오늘도 여전히 아름다우십니다."

"그 실없는 소리는 대체 언제 그만할 거야?"

자연스러운 하대.

한천이 나이는 훨씬 많았지만, 이 둘의 관계는 이랬다. 표면적으로는 총관과 부총관의 관계. 허나 그것이 이 둘 사이의 전부는 아니었다.

백아린이 침상에 걸터앉는 걸 본 한천이 눈을 크게 부릅뜨며 물었다.

"지금 뭐 하십니까?"

"뭐가?"

"아뇨, 당장 채비를 하시고 나가셔야지 왜 쉴 것처럼 그러고 계시냐고요."

"나가자고? 오늘 천룡성의 사람하고 약속 있는 거 잊은 건 아닐 테고."

되묻는 백아린을 보며 한천이 그럴 리 있냐는 듯이 고개를 저으며 말을 받았다.

"그 약속 때문에 나가자는 거 아닙니까, 대장."

"어제 말했잖아. 점심 이후에 보기로……."

"어휴. 그런 거 꼬박꼬박 다 지키면 인간미 없다는 소리 듣습니다. 혼자 있었다면서요. 이럴 때 저희가 딱 찾아가서 식사도 같이하고, 술도 한잔 쫙 하면서 돈독한 관계를 다지고 그러면 오죽 좋습니까."

술을 마시는 시늉을 하며 싱글벙글 웃어 대는 한천을 바라보던 백아린이 귀찮다는 표정으로 손을 휘휘 저었다.

"인간미는 무슨. 어제부터 그 사람 얼굴이 궁금하다고 그렇게 노래를 불러 놓고. 그 속셈 모를 줄 알아?"

"하하하. 이런, 벌써 들킨 겁니까?"

"너무 대놓고 수작질이니 모르는 게 더 이상한 거 아니야?"

"수작질이라니요. 전설의 문파인 천룡성의 인물이니 궁금한 건 당연하죠. 거기에 나이도 대장하고 비슷한 거 같고, 어제 미남이냐고 물어봤는데 대답을 슬쩍 넘긴 걸 보아하니 얼굴도 제법 반반할 거 같은데 아닙니까? 정말 그러면 능력 되고 얼굴 되고…… 캬아! 천생 우리 대장님 배필 감인데 궁금하지 않고 배기겠습니까."

자신의 양손을 짝 소리 나게 치며 탄성을 내지르는 한천의 눈동자가 재미있다는 듯 초승달처럼 휘어졌다.

손에 닿는 베개를 집어 던질 듯이 쥐어 채던 백아린의 귓가로 이어지는 그의 목소리가 흘러들어 왔다.

"그리고…… 그와의 이야기가 길어질 수도 있으니까요."

백아린은 알고 있었다.

그 길었던 말들 대신 마지막에 뱉은 그 한 마디가 한천이 하고자 했던 진짜 속내라는 것을.

그렇지만…….

퍽!

백아린은 쥐었던 베개를 한천에게 휙 집어 던졌다.

그리고 베개에 얼굴을 맞은 그가 아프다는 듯 비명을 내질렀다.

"아고! 대장, 이건 나무로 만들어진 목침(木枕)이라고요."

"돌로 된 게 아닌 걸 다행으로 알아."

무인인 한천에게는 간지러울 정도의 타격이었지만 평상시처럼 그는 코를 쥔 채로 엄살을 부려 댔다.

그런 그를 힐끔 쳐다본 백아린이 자리에서 일어났다.

그리고는 옆에 놓여 있는 대검의 손잡이를 쥐고는 손을 가볍게 뒤로 움직였다.

사람보다 큰 대검을 등 뒤에 매단 그녀가 문가로 다가가며 말했다.

"가자."

말을 마치고 곧장 바깥으로 걸어 나가는 백아린의 등 뒤에 서 있던 한천이 씨익 웃고는 그녀의 뒤를 쫓으며 소리쳤다.

"같이 갑시다, 대장!"

*　　　*　　　*

천무진은 명도객잔에 있는 자신의 거처에서 가부좌를 틀고 앉아 있었다.

몸 안에 있는 기운들이 쉼 없이 꿈틀거린다.

엄청난 재능을 지닌 사람들조차 평생을 달려도 오를 수 없는 경지에 이미 올라 있는 천무진이다.

믿을 수 없을 정도로 뛰어난 재능과 천룡성이라는 전설적인 문파의 힘이 합쳐진 덕분에 나올 수 있는 결과.

허나 천무진은 만족스럽지 못했다.

다시 살아나기 전의 삶이었다고는 하지만 이보다 훨씬 더 넓은 세상을 보았고, 또 훨씬 더 높은 경지를 지녔었기 때문이다.

천하제일인이라 불렸던 삶, 그것에 비한다면 지금 자신의 무공은 초라하기 그지없었다.

과거와 다른 삶을 살기 위해 적화신루에게도 연락을 취해 정보를 모으고 있는 그다. 그건 자신이 당하기 전에 먼저 그들의 존재를 알고 그에 대비하기 위함이다.

허나 그 모든 것보다 중요한 것.

바로 자기 자신의 능력이었다.

제아무리 적화신루를 통해 적의 정체를 파악해 내고 방비한다 해도 결국 능력이 모자란다면 과거와 별반 다르지 않은 삶을 살게 될 가능성이 크다.

그들이 자신을 찾아오는 그날까지 천하제일인이라 불렸던 그때 그 수준에 최대한 근접해야만 했다.

과거 천하제일인의 경지까지 올랐을 때만큼 시간적 여유는 없었지만 그나마 위안이 될 것들이 몇 가지 있었다.

바로 경험과 천룡성의 무공이다.

지금의 몸으로 도달한 것은 아니지만 천무진은 과거로 돌아오기 전 천하제일인의 경지에 올랐던 경험이 있다.

무공이란 그저 내공이 많고 적음으로 강함이 정해지는

것이 아니다.

초식에 대한 이해와 무공의 상리에 대한 깨달음.

내공의 적절한 분배와 상황마다 필요한 경험에 따른 판단력까지.

이외에도 여러 가지 복합적인 모든 것들이 한 명의 무인으로 완성되는 데에 무척이나 중요한 영향을 끼친다.

그리고 천무진은 그 모든 걸 이미 경험해 보았다.

한번 걸어 봤던 길, 그 길을 알고 있으니 예전의 삶보다 훨씬 빠르게 목적지에 도달할 수 있을 거라 자신했다.

거기에 전생과는 달리 자신의 발전에 가속을 붙여 줄 천룡성의 무공까지.

전생에서 천무진은 얼굴조차 기억나지 않는 그녀가 가져다주었던 마공들을 익히며 심신이 붕괴되었었다.

몸과 얼굴은 녹아내렸었고, 그로 인해 계속해서 찾아드는 고통에 몸부림쳐야만 했다.

당시엔 그녀가 준 마공들을 통해 강해졌고, 천하제일인의 길을 향했지만, 이번엔 다르다.

천룡성의 무공들.

이번엔 그것들이 천무진을 도울 테니까.

과거 천무진은 천룡성의 무공을 완벽히 익히지 못했다.

정확히 말하자면 배우는 와중에 그녀를 만나게 됐고, 미완의 상태에서 조종당하게 된 것이다.

그때 사부와 떨어지게 되면서 천룡성 무공의 뒷부분은 아예 손도 대지 못했다.

지금 운행을 떠나 어디에 있는지도 모를 사부의 연락을 기다리는 이유 중 하나는 당시 배우지 못한 천룡성의 무공을 조금 더 빠르게 익히기 위함이기도 했다.

운기조식을 마친 천무진이 눈을 떴다.

그가 옆에 놓여 있는 검을 손으로 어루만졌다.

천룡성 내부에 있는 검들 중 가장 손에 익은 녀석, 분명 예전엔 꽤나 좋아했던 검으로 기억하지만…….

천무진은 자신도 모르게 주먹을 쥐었다 펴기를 반복했다.

이번 생에서는 단 한 번도 쥐어 본 적 없는 한 자루의 검이 떠오른 탓이다.

중원 최고 무기인 칠신기의 하나 천인혼이.

그녀가 천무진을 이용하기 위해 주었던 것이지만, 천인혼만큼은 육체를 조종당하던 그 시기에 자신이 살아 있음을 느끼게 해 주는 유일한 것이었다.

천무진이 허전한 손바닥을 내려다보며 중얼거렸다.

"다른 건 다 끔찍하게도 싫었는데 말이야."

과거의 기억을 떠올리던 천무진은 이내 고개를 젓고는 자리에서 일어났다.

가만히 가부좌를 튼 채로 심법을 운용한 것뿐이지만 천무진의 몸은 땀으로 가득했다.

그만큼 격렬하게 내공을 운용하며 혈도들을 넓히기 위해 계속해서 고통을 참아 낸 탓이었다.

전생과는 달리 아직 제대로 길이 다듬어지지 않은 혈도들이 제법 있었고, 그것부터 뚫어 내는 것이 천무진의 일차 목표였다.

지금 하고 있는 일들이 끝나면 천무진의 내공은 폭발적으로 증가할 것이다.

그는 우선 엉망이 된 행색을 정리하기 위해 씻으러 움직였다.

준비된 욕탕에서 빠르게 씻는 걸 끝마친 천무진은 곧 옷을 갈아입고는 객잔의 일 층으로 움직였다.

점심시간이기 때문인지 일 층은 벌써부터 분주했다.

계단을 통해 내려오는 천무진을 발견한 어린 점소이가 빠르게 다가왔다.

점소이가 헤실헤실 웃으며 인사를 건넸다.

"대협, 어제는 잘 주무셨는지요?"

"골라 준 방이 꽤 괜찮더군. 덕분에 잘 잤다."

칭찬에 기분 좋은 듯 어린 점소이가 웃음을 이어 가다 물었다.

"근데 뭐 필요하신 거라도 있으십니까?"

"그냥 간단하게 식사 좀 하려고."

"아휴, 그 정도는 말씀만 하시면 가져다 드릴 텐데요. 지금이라도 원하는 걸 말씀하시고 위에 계시면 제가……."

"아니, 괜찮아. 여기서 먹지."

말을 마친 천무진은 사람들이 꽤나 많은 객잔 내부를 바라봤다.

전생까지 쳐서 제법 오랜 시간 천무진은 혼자만의 시간을 보냈다.

이렇게 많은 이들 사이에 섞여 시간을 보낸 기억이 이제는 가물가물할 정도다.

어제야 만나야 할 사람이 있어 그럴 수 없었으니, 오늘은 이렇게 사람들 사이에 섞이고 싶었던 것이다.

천무진이 이내 빈자리를 발견하고는 그쪽에 가서 걸터앉았다.

어린 점소이가 빠르게 따라붙었다.

"식사는 뭐로 준비해 드릴까요?"

"야채 볶음에 소면 정도면 좋겠군."

"넵, 그럼 서둘러 가져다 드리겠습니다."

말과 함께 어린 점소이가 바람처럼 사라졌다.

천무진은 앉아 있는 의자에 몸을 기대어 앉았다.

그리고는 주변에서 들려오는 소란스러움을 음미하듯 눈을 감았다.

그의 귓가로 수많은 이들의 목소리가 밀려들어 왔다.

그들에게선 각양각색의 감정들이 요동쳤다.

즐거워하는 사람도 있었고, 다소 짜증 나 있는 이도 있다.

싸우는 것처럼 목소리를 높이는 이가 있는 반면 부드럽게 뭔가를 설명하는 사람도 있다.

시장 바닥을 연상케 하는 수많은 이들의 소란스러움에 우습게도 천무진은 오히려 마음의 평온을 느꼈다.

사람이 살아간다는 느낌이 들었으니까.

조종을 당하며 살았던 그로선 이런 여러 감정들이 너무도 그리웠었다.

한참을 그렇게 사람들의 목소리에 귀를 기울이고 있던 그때 시켰던 음식들이 날아들었다. 다가오는 소리에 눈을 뜬 천무진의 앞으로 어린 점소이가 가져다준 음식들이 오르기 시작했다.

그런데 오른 음식들 중에는 천무진이 시키지 않은 만두 한 접시까지 자리하고 있었다.

천무진이 시선을 돌린 채로 말했다.

"이건 내가 안 시켰는데?"

"쉿쉿. 에이, 아시지 않습니까."

입가에 손을 가져다 댄 채 소년이 슬쩍 작은 목소리로 속삭였다. 그리고 그 속삭임의 의미를 알았는지 천무진은 고개를 끄덕였다.

아마도 어제 쥐여 준 은자의 효력이 아직 가시지 않은 모양이다.

천무진이 만두 하나를 든 채로 피식 웃어 보였다.

"잘 먹으마."

"시키실 것 있으면 언제든 부르십시오!"

말과 함께 어린 점소이는 다른 주문을 받기 위해 바삐 걸음을 옮겼다.

천무진이 손에 쥔 만두를 입에 넣은 채로 우물거리며 주변을 둘러보는 바로 그때였다.

덜컹.

객잔의 문이 열리는 소리가 들리는 그 순간 갑작스레 내부에 흐르는 묘한 침묵이 느껴졌다.

순간적으로 일부분에서 작아진 목소리를 느낀 천무진이 자연스레 그 이유를 확인하기 위해 시선을 돌렸다.

문이 열림과 동시에 잦아든 소란의 일부.

당연히 막 이 객잔에 들어선 누군가 때문일 거라 예상한 것이다.

천무진의 시선이 향한 입구에는 낯익은 얼굴이 보였다.

만두를 우물거리며 씹고 있던 천무진이 슬쩍 미간을 찡그렸다.

모두의 시선을 받으며 계단 쪽으로 향하던 상대방도 마침 천무진을 발견했는지 갑자기 방향을 틀어 그에게로 다가왔다.

상대는 다름 아닌 오늘 이곳에서 만나기로 했던 백아린이었다. 그리고 그녀의 뒤편에는 방금 전 함께 움직였던 부총관 한천 또한 자리하고 있었다.

그녀가 성큼 맞은편으로 다가오며 말했다.

"어라? 위에서 식사를 안 하고 여기 계셨네요?"

비싼 방에 머물기도 했고, 비밀 문파인 천룡성의 인물이니 당연히 은밀하게 있기를 바랄 거라고 여긴 그녀였기에 다소 의외라는 듯한 얼굴이었다.

"내려온 김에 그냥 먹고 가려고."

굳이 자신의 속내를 드러낼 이유가 없었기에 천무진은 대충 대꾸했다.

그리고는 이내 맞은편에 서 있는 백아린을 향해 말을 이었다.

"뭐해? 계속 서 있을 거야?"

천무진의 허락이 떨어지자 그제야 그녀는 맞은편의 의자에 걸터앉았다.

등장만으로 객잔 내부를 조용하게 만들 정도의 미녀다.

천무진은 주변의 시선이 이쪽으로 쏠리는 걸 느낄 수 있었다.

그가 손에 쥐고 있던 만두를 내려놓으며 물었다.

"그런데 우리가 보기로 한 시간에 비해 너무 이르지 않아?"

순간적으로 심법에 빠져 있다 보니 생각보다 시간이 많이 간 건가 했지만, 바깥에 뜬 해를 보아하니 아직 만나기엔 한 시진 가까이 이른 게 분명했다.

천무진의 질문에 백아린이 딴청을 부리며 주방 쪽으로 손을 번쩍 들어 올렸다.

"여기 주문 안 받아요?"

마찬가지로 멍하니 이쪽을 바라보고 있던 어린 점소이가 그녀의 부름에 화들짝 정신을 차리고 달려왔다.

"무엇을 드릴까요?"

점소이의 말에 백아린이 뒤쪽에 있는 한천을 바라보며 물었다.

"나도 간단하게 소면이나 먹을 생각인데 어떻게 할래?"

백아린의 질문에 아직 자리에 앉지 않고 서 있던 한천이 기다렸다는 듯 눈을 빛내며 말했다.

"술 마셔도 됩니까?"

"안 돼."

단칼에 잘라 버리는 그녀의 대답에 한천은 금방 시무룩한 표정을 짓더니, 이내 점소이에게 친근한 어투로 말했다.

"소면 두 그릇만 가져다주렴."

"예, 알겠습니다."

점소이가 사라지고 한천의 시선이 천무진에게로 향했다. 당연히 천무진 또한 초면의 인물인 그를 바라보고 있는 상황이었다.

눈이 마주치자 넉살 가득한 웃음과 함께 한천이 먼저 인사를 건넸다.

"하하, 이런 유명인을 다 뵙다니 영광입니다. 한천이라고 합니다. 여기 계신 백아린 총관님을 모시는 부총관이지요."

소개와 함께 포권을 취해 보이는 한천을 천무진은 물끄러미 바라봤다. 짧은 순간, 그렇지만 천무진은 한천에게서 이상한 뭔가를 포착했다.

그건 바로 그의 오른손이었다.

겉보기엔 멀쩡해 보였지만 포권을 취하는 오른손의 주먹이 다 쥐어지지 않은 것이다. 그리고 미묘하지만, 반응이 느리게 따라오는 듯한 느낌까지.

천무진의 시선이 자신의 오른손에 머물러 있다는 걸 눈치챈 한천이 놀랍다는 듯 물었다.

"어? 혹시 지금 제 오른손이 조금 이상하다는 걸 눈치채신 겁니까?"

"뭐 조금. 그보다 그쪽도 앉아. 가뜩이나 다들 이쪽을 힐끔거리는데 일어나서 떠들어 대기까지 하니 정신이 사나워서 말이야."

곧바로 백아린의 옆에 자리한 한천이 자신의 오른팔을 툭툭 치며 말했다.

"하하하! 예전에 엄청난 고수들과 백 대 일로 싸우다가 크게 다쳤는데 그게 아직도 안 낫지 뭡니까? 하도 오래전 일이라 이젠 전혀 아프지도 않고 보시는 것처럼 평상시에는 별문제 없습니다."

허풍 가득해 보이는 어투로 그가 말했고, 워낙 큰 목소리였던 탓에 주변에서는 실소가 터져 나왔다.

허나 그런 모르는 이들의 실소에도 한천은 여전히 웃음을 잃지 않았다.

한천이 장난스럽게 말을 이었다.

"크으, 우리 대장이 별말 안 할 때부터 예상은 했지만 정말 대단한 미남이십니다. 혹시 실례가 아니라면 혼인은 하셨는지……."

순간 옆에 있던 백아린이 발로 그의 발등을 꽉 밟아 버렸다.

화들짝 놀란 듯 자신의 발을 들어 올렸던 한천이 이내 자신을 향한 천무진의 시선에 어색한 미소와 함께 둘러댔다.

"하하, 놀라셨죠? 쥐가 나서 말입니다."

"우리 부총관이 쓸데없는 소리가 좀 많아요. 그래도 일하는 실력은 괜찮으니 믿어도 될 거예요."

말을 하며 슬쩍 노려보는 백아린의 시선에 한천은 괜히 다른 쪽으로 시선을 회피했다.

때마침 소면이 나왔고, 자연스레 백아린은 이야기를 다른 쪽으로 돌렸다.

"어제 부탁하신 걸 알아 오는 데 얼추 칠 일 정도 걸릴 것 같아요."

"그렇게나 길어?"

"원하시는 게 겉핥기식의 것들이 아니니까요."

맘에 안 든다는 듯 말하는 천무진을 향해 곧바로 백아린이 답했다.

간단한 정보의 규합이라면 사나흘 이내로 충분하다.

허나 천무진은 그 양휴라는 자의 모든 것에 대해 알고자 했다.

적화신루 내부에 있는 그에 대한 정보에 추가적으로 여러 가지 것들을 알아내야 하는 상황.

거기다가 그 정보들이 규합되어 자신의 손에까지 들어

오는 걸 감안하자면 칠 일도 무척이나 신경을 써 준 덕분에
가능한 시간이다.

천무진이 물었다.

"조금 더 빨리는 안 돼?"

"네, 이것도 말도 안 되게 많은 이들을 움직인 거라 서요."

"치잇, 곤란한데."

천무진은 답답하다는 듯 앞에 놓인 찻물을 들이켰다.

앞의 소면을 한 젓가락 떠서 삼킨 그녀가 물었다.

"왜요? 무슨 급하신 일이라도 있어요?"

"운남에 갈 일이 있어서."

운남이라는 말에 백아린이 눈을 동그랗게 떴다.

운남성은 지금 자신들이 있는 사천성의 바로 옆이긴 했
지만, 그래도 거리상으로 상당히 떨어져 있다.

사실 운남에 가야 한다는 천무진의 말에 백아린은 상당
히 곤란했다.

그녀는 어떻게든 천무진과의 관계를 최대한 유지해야 하
는 입장이었기 때문이다.

만약 이대로 그가 운남으로 떠나고 이번 의뢰를 끝으로
천룡성과의 연락이 끊긴다면 백아린으로서는 난처할 수밖
에 없었다.

적화신루는 정보로 살아가는 단체.

그랬기에 지금 나타난 천룡성과의 연을 이어 가고 싶었다.

그들이 등장했다는 건 곧 중원에 큰 사건들이 벌어질 것이라는 뜻이고, 정보 단체에게 있어 그런 큼직한 일들을 미리 파악할 수 있다는 건 그 어떠한 것과도 바꿀 수 없는 매력적인 상황이었다.

백아린이 골치 아픈 표정을 지었다.

'하, 이대로 보내면 안 되는데.'

그녀가 슬쩍 한천에게 전음을 날렸다.

『뭔가 잡아 둘 수 없겠어?』

『자기 발로 가겠다는 걸 뭔 수로 막습니까. 다리몽둥이를 부러뜨려 놓을 수도 없고.』

『그럼 이대로 보내자고?』

『아뇨, 그럼 안 되죠. 천룡성과 연이 닿은 천재일우(千載一遇)의 기회인데.』

『천재일우의 기회인 걸 알면 부총관도 뭔가 생각을 좀 해 보든지!』

『에이, 생각은 대장이 해야죠. 대장이 생각하고 나면, 몸을 움직이는 게 부하인 제 몫 아니겠습니까? 하하.』

『매일 나이 핑계 대면서 뒷전으로 빠지는 통에 대장인 내가 발바닥에 불나게 움직이도록 만드는 게 누구더라?』

백아린의 전음에 할 말이 없었는지 한천은 갑자기 딴청을 부렸고, 그녀는 속으로만 이를 갈아야 했다.

　허나 지금은 한천과 이런 종류의 전음으로 시간을 낭비할 상황이 아니었다.

　연을 이어 가기 위해선 뭐라도 더 알아야 된다 생각했는지 백아린이 다급히 물었다.

　"갑자기 거긴 왜요?"

　그녀의 질문에 천무진이 답했다.

　"그쪽 말고 또 한 명 만나야 할 사람이 있거든."

　애초에 천무진이 천룡성의 거점에서 나온 건 적화신루만을 보기 위해서가 아니었다.

　그들이 아닌 다른 누군가를 만나는 것 또한 이번 일정에 포함되어 있었다.

　머리를 굴리던 백아린이 제안했다.

　"굳이 직접 가실 필요 있나요. 원하시면 저희 쪽에서 연락을 취해 받아야 할 게 있으면 이쪽으로 가져오게 하고, 혹 전해야 하실 말이 있으신 거면 전하도록 하죠."

　"됐어. 내가 직접 만나지 않으면 절대 이야기가 될 상대가 아니라서."

　사실 천무진이 운남성으로 가 만나고자 하는 상대와는 이번 생에선 전혀 인연이 없다. 그를 알게 된 것 또한 이번이 아닌 죽기 전의 삶에서였다.

정신을 지배당해 조종당하는 인생을 살았음에도 불구하고 확실하게 기억나는 한 사람.

그리고 바로 그가 이용만 당했던 삶을 반복하지 않기 위해 고민 끝에 선택한 천무진의 마지막 패이기도 했다.

지금의 그는 알지 못하지만, 환생하기 전의 삶에서 보아 왔던 모습을 알기에 확신할 수 있었다.

이번 그와의 만남이 결코 호락호락하지만은 않을 거라는 사실을.

천무진이 과거의 기억을 떠올리며 말했다.

"내가 만나려는 그놈…… 무지하게 지랄 맞거든."

지랄 맞은 성격에 호락호락하지 않은 실력까지.

허나 천무진 또한 그 두 가지 모두에서 져 줄 생각은 눈곱만큼도 없었다.

＊　　　＊　　　＊

천무진의 설명만으로는 대체 누구를 만나려 하는지 가늠조차 되지 않았지만 하나 확실한 건 그는 반드시 운남으로 가려고 한다는 거다.

천룡성과의 인연을 이어 나가야만 하는 백아린의 입장에

서는 곤란할 수밖에 없는 상황.

머리를 감싸 안은 채로 고민하는 백아린을 바라보던 한천이 퍼뜩 뭔가를 떠올렸는지 물었다.

"운남 어느 쪽으로 가십니까?"

"그거까지 말해 줘야 해?"

천무진이 표정을 찌푸리며 되물었다.

정보 단체 중 그나마 믿을 만하다 여기고 적화신루에게 연락을 취하긴 했지만, 자신의 모든 걸 드러낼 이유는 없었다.

천무진은 이전의 삶에서 당한 게 너무도 많았다.

가시를 세우며 쏘아붙이는 천무진의 한 마디에 한천이 너털웃음을 흘리며 손사래를 쳤다.

"그럴 리가요. 혹시 운남의 남쪽이나 서쪽으로 가시는 거면 일정이 조금 꼬이시지 않을까 염려가 되어서 드린 말씀입니다."

"꼬이다니? 그게 무슨 말이지?"

천무진이 묻는 그 순간 백아린의 눈동자에 이채가 감돌았다.

지금 한천이 한 말의 의미를 알아차렸기 때문이다.

그녀가 빠르게 말을 받았다.

"새외 세력과 그 인근에 있는 녹림도들이 결합하여 날뛰고 있거든요. 관도를 따라 넓은 지역을 관군들이 엄중히 관리하고 있어서 특별한 경우가 아니면 지금 운남성 서쪽과 남쪽은 허가증을 발급 받아야만 드나들 수 있어요."

"허가증? 그건 어디서 구하는데."

"당연히 관부에서 구하죠. 그런데 나오는 데 시간이 좀 걸려요. 며칠은 기다리셔야 할 거예요."

며칠이나 걸린다는 말에 천무진은 당혹스럽다는 듯 물었다.

"아예 길목을 다 막은 건가?"

"아뇨, 운남의 서쪽과 남쪽으로 가는 모든 길을 막기엔 무리가 있으니 빈 길목은 꽤나 많아요. 그런데 아무래도 산길이나, 돌아가는 길이라 시간이 곱절 이상은 걸리겠죠. 관도를 이용하실 생각이셨다면…… 아마 생각하신 날짜에 도착하시긴 힘들 거예요."

말을 내뱉은 백아린은 슬쩍 천무진의 눈치를 살폈다.

사실 반쯤은 도박이었다.

천무진이 가려고 하는 목적지가 어딘지 알 수 없는 상황, 만약 애초부터 관도가 아닌 외지로 향하는 다른 길을 선택할 생각이었다면 지금의 수는 먹히지 않을 테니까.

허나 백아린은 승산이 있는 도박이라 여겼다.

자신들이 만난 이곳 서창.

이곳은 관도가 이어져 있는 길목이었고, 그렇다면 그 관도를 따라 운남으로 가려고 했을 확률이 높다는 판단이 섰기 때문이다.

그리고…… 그런 그녀의 생각은 맞았다.

"골치 아프게 됐군."

천무진의 중얼거림을 듣는 순간 백아린은 한천에게 전음을 날렸다.

『잘했어!』

『대장의 부하가 이 정돕니다. 하하!』

사실 관도를 지키는 관군들을 뚫고 길을 지나가는 건 천무진에게 그리 어려운 일이 아니었지만, 그렇게 된다면 시끄러워질 것은 자명한 사실.

자신이라는 존재를 최대한 감추고 움직이려는 천무진의 입장에서는 그리 내키지 않는 결정일 수밖에 없었다.

어떻게 해야 하나 잠시 고민을 하던 천무진은 자연스레 백아린에게 도움을 청했다.

"뭐 방법 없겠어? 늦으면 다시 만나기 조금 까다로울 것 같아서 말이야."

"흐음, 글쎄요. 방법이 아예 없는 건 아닌데……."

말을 하며 백아린은 슬쩍 한천에게 곁눈질을 했다. 그러자 기다렸다는 듯 그가 말을 받았다.

"제가 관도를 막고 있는 관군 중 길을 열어 줄 만한 이를 하나 압니다."

"그게 가능하겠어?"

"예, 아무래도 가장 큰 관도는 인맥으로 넘어가기 빡빡하겠지만 제가 아는 길은 그곳과 그리 멀리 있지 않은데도, 크지 않아 이야기만 잘하면 어렵지 않게 지나갈 수 있을 겁니다. 그런데 문제가 하나 있다면 제가 직접 가야 한다는 건데…… 괜찮으시겠습니까?"

은근슬쩍 동행을 해야 한다는 사실을 내비쳤고, 백아린이 그의 말에 힘을 보탰다.

"부총관의 생각이 나쁘진 않은 것 같은데요. 동행하게 되면 요청하신 정보도 빠르게 확인하실 수 있을 테니까요. 추가적인 요청도 곧바로 처리할 수 있고요."

둘의 말에 천무진은 잠시 생각에 잠겼다.

애초에 적화신루의 사람들과 동행을 할 생각은 없었다.

굳이 그래야 할 이유는 없었으니까.

자신이 의뢰했던 양휴에 대한 정보를 받고 바로 다음 목적지인 운남으로 가려 했던 그다.

그렇지만 정보를 받으려면 칠 일이나 걸린다는 말에 처음부터 계획이 어그러졌다.

지금 상황이라면 운남까지 갔다가 정보를 받기 위해 다

시 이곳으로 와 조우해야 했다.

다음 의뢰를 한다 해도 양휴에 대한 것을 확인한 이후에나 가능한 상황, 다시금 긴 시간이 소요될 것이다.

해야 할 일이 많은 천무진의 입장에서는 분명 비효율적인 상황이었다.

잠시 고민은 했지만…….

천무진이 고개를 끄덕였다.

"그렇게 해. 어차피 한동안 의뢰를 해야 할 게 좀 있을 거 같거든."

이번 정보를 시작으로 자신이 찾아야 하는 그들에 대해 많은 걸 알아내야 하는 천무진이다.

한동안 이들에게 많은 의뢰를 하며 도움을 받아야 할 상황이니 지금 백아린의 말대로 오히려 동행하며 계속적으로 의뢰를 하는 것이 낫다는 판단이 섰다.

승낙이 떨어지자 일순 백아린의 얼굴이 몰라볼 정도로 환하게 밝아졌다.

그녀는 혹여나 천무진의 마음이 바뀔세라 급히 물었다.

"언제 떠날 생각이시죠?"

"난 여기서 할 일은 끝났어. 가능하면 빠를수록 좋겠는데? 그쪽 일정은 언제?"

"저희도 마찬가지예요. 그럼 바로 마차를 준비할 테니

짐 챙기신 후, 이쪽과 연결된 길목에서 뵙도록 해요."

말을 마친 백아린은 곧바로 자리에서 일어났다.

객잔을 박차고 나가는 그녀의 뒤를 한천이 서둘러 쫓았다.

누가 쫓기라도 하는 것처럼 서둘러 사라지는 그들의 뒷모습을 바라보던 천무진은 나머지 식사를 하기 위해 젓가락을 들다가 움찔했다.

자신의 반대편에 놓여 있는 두 개의 소면 그릇 때문이었다.

"어이!"

뒤늦게 천무진이 두 사람을 불렀지만 이미 그들은 객잔을 나가 멀리 사라진 이후였다.

얼마 되지 않는 금액이긴 했지만, 얼결에 두 사람분의 것까지 뒤집어쓰게 된 상황에 천무진은 기가 차다는 표정을 지어 보였다.

남은 소면을 후루룩 먹은 천무진은 이내 품에서 전낭 주머니를 꺼내며 중얼거렸다.

"이거 뭔가 당한 것 같은데."

객잔과 연결된 길목을 나온 천무진은 한편에 자리하고 있는 마차를 발견했다.

네 마리의 말이 끄는 마차의 외향은 평범했다.

크기는 조금 컸지만, 그것을 제외하고는 특별한 문양 하나 없는 어디서나 볼 법한 그런 종류의 마차였다.

아마도 시선을 끌지 않기 위해 최대한 평범한 마차를 준비한 모양이다.

천무진이 나타나자 마차에 기대어 서 있던 백아린이 먼저 손을 들어 올렸다.

"이쪽이요!"

자신을 부르는 백아린과 그를 따르는 한천이 있는 쪽으로 다가간 천무진은 불만스럽게 입을 열었다.

"무전취식이 취미야?"

"그게 무슨 소리예요? 전 금전 관계 엄청 깔끔한 사람입니다만?"

이해가 안 간다는 표정으로 자신을 바라보는 백아린의 모습에 천무진이 깊은 한숨을 푹 내쉬었다.

"됐어, 우선 타지."

말을 마친 그가 먼저 마차에 올랐고, 곧바로 백아린이 따라 들어섰다. 그녀는 긴 대검이 불편했는지 다소 엉거주춤한 자세로 마차에 올랐다.

그리고는 이내 백아린은 등 뒤에 걸고 있는 대검을 옆으로 눕혔다. 워낙 무기가 큰 탓에 똑바로 세워 뒀다가는 당장이라도 마차의 지붕을 뚫어 버릴 것만 같았다.

"으라차."

뒤이어 마차에 올라탄 한천이 힘든 시늉을 하며 걸터앉았다.

천무진은 자신의 옆에 바짝 붙어 앉는 한천을 보며 표정을 찡그렸다.

"저쪽에 앉지?"

"어휴, 보셔서 아시지 않습니까. 저 대검 때문에 저기 앉으면 저는 엉덩이의 반 정도가 공중에 떠다녀야 한다고요."

"그건 그쪽 사정이고."

"야박하게 그러지 맙시다. 한동안 함께 다녀야 할 사이 아닙니까, 하하!"

"……벌써부터 후회가 좀 되는데."

천무진이 턱을 괸 채로 중얼거렸다.

그런 그의 맞은편에 있는 백아린이 물었다.

"출발할까요?"

"마음대로 해."

허락이 떨어지자 그녀가 바깥으로 고개를 내밀며 소리쳤다.

"출발해 주세요!"

외침과 함께 가만히 서 있던 마차가 조금씩 속력을 내며
달려가기 시작했다.

운남성으로 향하는 마차 안에는 적막만이 가득한 상황.

서창을 벗어나 이제는 인적이 드문 관도를 달리고 있는
그때, 백아린은 창밖을 보고 있는 천무진의 옆얼굴을 물끄
러미 응시했다.

이렇게 함께 목적지를 향해 나아가게 됐지만 사실 모르
는 것이 너무도 많았다.

그를 바라보던 백아린이 문득 생각했다.

'……정말 그렇게 강할까?'

천룡성의 전설은 무인뿐만이 아니라 어느 정도 이쪽에
관심만 있다면 일반인이라 해도 대부분이 알 정도로 유명
한 이야기다.

그들의 엄청난 무위는 오랜 시간 전설처럼 회자되었고,
언제나 강호를 지켜 내는 신과도 같은 존재로 여겨지고 있
다.

그런데 그 이야기로만 전해 듣던 대상이 지금 눈앞에 있
다.

특출한 외모와 묘한 분위기를 지니고는 있지만 그거 말
고는 아직 아무런 것도 알 수 없다. 과연 이 사람은 어떤 사

람일까?

백아린은 천무진이 궁금했다.

그녀의 시선을 느낀 천무진이 슬쩍 그녀를 바라보며 물었다.

"뭘 그렇게 쳐다봐? 할 말 있어?"

그의 물음에 백아린이 답했다.

"예전부터 궁금했던 게 하나 있어서요. 어릴 때부터 천룡성에 대해서는 정말 귀에 딱지가 질 정도로 들었거든요. 그 믿을 수 없는 전설이나 신화와도 같은 이야기들요. 그래서 조금 궁금하네요. 정말로 제가 들어 왔던 그 이야기들이…… 사실인지."

정파와 사파, 그 어디의 편도 아니고 강호를 혼란스럽게 하는 세력이 나타났을 때 귀신처럼 모습을 드러냈다가 모든 일들을 해결하고 다시금 어둠 속으로 사라지는 전설의 문파.

백아린의 질문에 천무진이 천천히 입을 열었다.

"글쎄. 어디까지가 진실이고, 어디서부터가 허구일지 그게 궁금한가 보군."

"네, 사실 믿을 수 없는 일들이 워낙 많아서요."

눈을 빛내며 묻는 그녀를 바라보던 천무진이 픽 웃으며 말했다.

"안됐지만 대답은 안 해 줄 거야. 스스로 밑천을 다 드러 낼 이유는 없으니까. 그리고 정보를 알아내는 거, 그게 그쪽 일 아닌가? 능력이 된다면…… 그것도 한번 알아내 보든지."

"흐음, 그런 식으로 나오시겠다 이거군요. 그래요. 세상에 공짜는 없는 법이니까요. 이왕 말이 나온 거 어디 한 번 힘닿는 데까지 최대한 알아보죠."

"할 수 있다면 마음대로."

천무진이 해 보라는 듯 어깨를 으쓱해 보였다.

두 사람의 짧은 대화가 오가고 이내 마차 안엔 다시금 적막이 찾아들었다.

하지만 그 적막은 생각보다 길지 않았다.

"크어엉."

한천의 커다란 코 고는 소리가 마차 안을 가득 채웠으니까.

*   *   *

사천성 서창에서부터 달리기 시작한 마차가 어느덧 운남성에 들어서 목적지가 있는 남쪽 인근에 도달했다. 며칠 밤낮을 쉬지 않고 마차의 말과 마부를 바꿔 가며 달렸다.

잘 닦인 관도를 통해 움직였기에 마차만으로도 생각보다 편한 이동이 가능했다.

운남성의 남쪽 지역으로 향하는 관도의 길목으로 들어서자 확실히 주변의 분위기가 흉흉했다.

지나가는 곳곳마다 관군으로 보이는 이들이 보였고, 점점 안으로 들어갈수록 그 숫자는 기하급수적으로 늘어났다.

마차 바깥으로 고개를 내민 한천이 마부에게 말했다.

"곧 왼쪽에 작은 길 하나가 나올 텐데 그쪽으로 가 주게."

가장 큰 관도가 아님에도 불구하고 많은 숫자의 관군들이 있었고, 한천은 그런 그들을 피하기라도 하는 것처럼 몇 번이고 길을 꺾어 가며 어딘가로 일행을 안내하고 있었다.

마차 안에서 팔짱을 낀 채로 앉아 있는 천무진이 불안한 듯 물었다.

"정말 당신 말대로 간단히 지나갈 수 있는 거 맞아?"

"속고만 사셨나. 믿어 보시죠."

말과 함께 한천은 엄지와 검지를 말아 동전 모양을 만들어 내고는 장난스러운 표정으로 속삭였다.

"크크크. 오늘 같은 날을 위해 제가 옛날부터 술값이니 뭐니 이걸 무지하게 먹여 놨거든요. 거기다가 약점도 하나 쥐고 있으니 제 부탁을 절대 거절 못 할 겁니다."

자신만만한 모습에 천무진 또한 더는 할 말이 없어 그저 두고 볼 뿐, 목적지에 도달하기만을 기다릴 수밖에 없었다.

그렇게 샛길로 들어서고도 한참을 달려가던 중 마침내 관군들이 진을 치고 있는 장소가 눈에 들어왔다.

자연스레 마차의 속도가 줄어들었고, 이쪽을 발견한 관군들이 마차를 향해 다가오고 있었다.

관군 중 하나가 소리쳤다.

"멈추시오! 이곳은 통행 제한 구역이니, 통행증을 제시하시오!"

관군들이 길을 막아서자 백아린이 반대편에 앉아 있는 한천을 바라보며 말했다.

"나갔다 와. 시끄럽게 만들지 말고."

"그야 당연하죠. 제가 잘 마무리 짓고 오겠습니다, 대장. 하암, 그럼 슬슬 가 볼까."

길게 기지개를 켠 한천이 문을 벌컥 열고 아래로 뛰어내렸다. 그가 가볍게 바닥에 착지하고는 이내 관군들을 향해 너털웃음을 터트렸다.

"하하, 고생들 하는군그래. 자네들 같은 관군이 있으니 백성들이 발 편히 뻗고 자는 것 아니겠는가."

갑작스레 친근하게 다가오는 한천의 모습에 일순 당황했던 관군들이었지만 그들은 곧 정신을 차리고는 창을 앞으로 밀었다.

"더 다가오지 마시오! 쓸데없는 소리 말고 통행증을 제시하거나 없다면 썩 물러나시오."

거칠게 대답하는 관군들을 향해 한천이 뭔가 더 말을 이어가려 할 때였다.

"무슨 소란들이야!"

버럭 소리를 지르며 뒤편에서 모습을 드러낸 건 염소수염의 사내였다. 그가 화가 난 목소리로 말을 이었다.

"감히 여기가 어딘지 알고 소란들을 떠는 것이냐! 국법으로 엄히……."

"어이, 이보게! 곤오붕, 날세."

다가오던 염소수염의 사내가 자신의 이름을 부르는 한천의 목소리를 듣고 움찔했다. 그제야 소란의 주범을 확인한 곤오붕이 놀란 듯 눈을 치켜떴다.

방금 전까지만 해도 근엄한 표정을 짓고 있었던 그가 놀란 토끼 눈을 하고 황급히 달려왔다. 곤오붕은 곧바로 한천을 데리고 마차 뒤편으로 가서는 다급히 속삭였다.

"아니 연락도 없이 찾아오면 어째!"

"하하, 갑자기 일이 생기는 바람에 연락할 틈이 없었다네. 급히 좀 여길 지나가야 할 일이 생겼는데 말이야……부탁 좀 하지. 조용히 길 좀 열어 주게."

"내 말하지 않았는가. 아무리 급해도 갑자기 이러면 곤란하다고."

"세상사 급한 일이 다 갑자기 벌어지지 예고하고 벌어지던가?"

"그, 그건 그렇지만……."

"어허. 사내가 이리 담이 작아서야 쓰는가. 우리 하나 보내 주는 게 뭐 그리 대수라고. 자네만 그냥 입 꽉 닫아 주면 우리도 좋고, 자네도 좋고 아무런 일도 없고 모두 행복한 일 아니겠는가."

곤오붕의 어깨를 툭툭 치며 한천이 씩 웃어 보였다.

그리고 그런 그를 보며 곤오붕은 깊은 한숨을 내쉬었다.

사실 그 또한 알고 있었다.

한천이 이곳에 찾아온 이상 자신이 어떤 핑계를 갖다 붙여도 결국 원하는 바를 이루고 말 것이라는 걸.

곤오붕이 다짐하듯 말했다.

"진짜 이번이 마지막이야! 알겠지?"

"물론이지. 진짜 딱 이번만."

능글맞게 웃으며 대답하는 한천을 보며 곤오붕은 깊은 한숨을 내쉬었다.

사실 이 마지막이라는 말을 골백번은 한 것 같았지만…….

지켜지지 않을 약속이라는 걸 알면서도 곤오붕은 울며 겨자 먹기로 부탁을 들어줘야 했다.

마음을 정하고도 못내 내키지 않는지 곤오붕이 투덜거렸다.

"에이씨, 이거 진짜 안 되는 건데."

거칠게 머리를 막 헝클어트리던 그가 이내 다시 근엄한 표정을 지은 채로 마차 앞으로 걸어 나왔다.

곤오붕이 수하들이 있는 쪽으로 헛기침을 해 댔다.

"험험."

관군들이 막고 있는 쪽으로 다가간 곤오붕이 수하들을 힐끔 쳐다보며 말했다.

"야, 열어 줘."

"통행증 확인은 하고……."

"내가 그것도 확인 안 하고 보내 줄 것 같아? 확인했으니까 보내 주라고."

말을 내뱉은 곤오붕은 자신을 향한 수하들의 마뜩잖아 보이는 시선이 마음에 안 들었는지 버럭 소리쳤다.

"받았다고 이 자식들아! 한 명씩 확인시켜 줘? 응? 그래야 믿을래?"

그는 품 안에서 서찰 한 장을 꺼내어 들고는 가장 앞에 있는 수하의 면전에 대고 마구 흔들어 댔다.

"아닙니다!"

화를 내는 상관의 모습에 이구동성으로 수하들이 대답했다. 그제야 씩씩거리던 숨소리를 멈춘 곤오붕이 빨리 열어 주라는 듯 손짓했다.

그러자 관군들은 길목을 막기 위해 놔뒀던 상자들을 황급히 옆으로 치우고는 자신들도 옆으로 물러나 길을 터 줬다.

관군들이 소란스러운 틈을 타 다시금 마차로 돌아온 한천이 막 관군들 사이를 지나가며 창문 바깥으로 인사를 던졌다.

"여, 나중에 보자고."

한천의 인사에 곤오붕은 고개를 돌린 채 됐으니 빨리 가라는 듯 손짓했다.

관군이 길을 터 준 덕분에 마차는 손쉽게 관도를 통해 안으로 들어설 수 있었다.

다시금 달리기 시작한 마차는 빠르게 목적지를 향해 나아가기 시작했다.

백아린이 만족스럽다는 듯 맞은편에 있는 한천의 무릎을 손바닥으로 툭툭 치고는 말했다.

"잘했어. 혹시나 통과하더라도 시간이 좀 걸릴까 염려했는데 이렇게 말 몇 마디에 될 줄은 몰랐네. 그 동안 술 먹으면서 쓸데없이 돈만 축내고 다니는 줄 알았는데 말이야."

"허어, 대장! 당연히 다 언젠가 이런 일이 있을 줄 알고 그에 대비해 어쩔 수 없이 저런 자들과도 술을 먹고 그런 것이지요. 절대 제가 좋아서 마신 게 아닙니다."

"입에 침이나 바르고 거짓말하시던가. 어쨌든 이번엔 부총관의 그 술친구 인맥이 꽤 도움이 됐네. 제법이야."

"하하! 제 인맥이 보통은 아니죠."

좋다는 듯 웃고 있는 한천을 바라보던 천무진이 궁금한 얼굴로 물었다.

"저자가 그쪽 돈을 받은 건 그렇다 치고, 약점은 뭔데?"

천무진의 질문에 한천이 짧게 답했다.

"그게 약점입니다. 돈을 받은 거요."

"그게 무슨 소리야. 당신이 줬다면서? 그걸로 협박을 한다고?"

"사실 저 친구는 그 돈을 제가 준 건지 모르거든요."

씩 웃으며 내뱉는 그의 말에 천무진은 설마 하는 표정을 지어 보였다.

그런 천무진의 표정에서 생각을 읽어 냈는지 한천이 고개를 끄덕이며 말을 이어 나갔다.

"맞습니다. 지금도 그 돈이 저희 쪽에서 나간 게 아니라 다른 상계와 관련된 곳에서 받은 뒷돈이라 알고 있지요. 한마디로 저 친구는 제가 그 비리를 알고 있다는 사실만 알지, 제가 그 돈을 준 당사자라는 건 모른다는 겁니다."

"그러니까 일부러 다른 사람을 통해 돈을 주고, 그걸로 약점을 잡았다?"

"그렇지요. 물론 다른 쪽을 통해 흘려보냈던 뒷돈으로 약점을 만든 이후에는 원만한 관계를 위해 제가 직접 그에게 필요한 정보나 술값 정도 좀 쥐여 줬죠. 인간관계라는 게 무조건 누르기만 해서는 결국 엇나가기 마련 아니겠습니까? 멋대로 굴지 못하게 최소한의 약점은 잡고 있되 그 이후로는 적당한 대접을 좀 해 주면서 지금까지 이런 관계를 유지하고 있지요."

지금 한천과 곤오붕의 교분과 같은 인간관계가 형성되는 경우는 크게 두 가지 이유가 있다.

하나는 이득, 다른 하나가 약점이다.

허나 이 두 가지 중 하나만으로 사람을 움직인다면 결국 언젠가 문제가 생길 수 있다.

이득만으로 형성된 관계라면 결국 자신에게 조금이라도 피해가 오겠다 싶은 순간에 발을 빼기 쉽고, 반대로 약점만을 지니고 흔든다면 상대에게 감정이 좋지 않을 테니 결국 언제든 뒤통수를 칠 기회를 노리게 된다.

그랬기에 한천은 언제나 두 가지를 모두 상대가 가질 수 있게끔 만들었다.

이득과 약점.

두 가지가 뒤섞이면 하나만을 취했을 때보다 훨씬 더 쥐고 흔들기가 쉬웠기 때문이다.

익숙하게 설명을 이어 가는 한천의 모습을 보던 천무진이 확신 어린 목소리로 말했다.

"보아하니 이런 식으로 당한 사람이 한둘이 아니겠군."

"흐음, 글쎄요. 몇이나 되더라."

손가락으로 꼽는 시늉을 하던 한천은 결국 어깨를 으쓱했다. 기억조차 나지 않을 정도로 많다는 걸 은연중에 드러낸 것이다.

약속대로 운남의 남쪽으로 향하는 길목을 텄다는 사실에 신나 떠들어 대던 한천은 이내 뭔가를 깨달았는지 화들짝 놀라며 변명을 해 댔다.

"아, 그래도 오해는 마시죠. 약점을 잡고 있긴 하지만 이건 그들과의 관계를 흔들리지 않게 하려는 것뿐이지, 그걸로 뭐 어떻게 한다거나 하지는 않거든요."

서둘러 둘러댔지만 그게 먹힐 리 만무했다.

맞은편에 있는 백아린이 고개를 절레절레 저으며 말했다.

"포장해 봐야 뭐하나. 누가 봐도 협잡꾼인데 뭘."

"혀, 협잡꾼이라뇨! 진짜 오해십니다."

절대 아니라는 듯 소리쳐 대던 한천이 이내 천무진을 뚫어져라 바라보며 간절한 눈빛을 보냈다.

마치 어서 아니라고 해 달라는 듯한 시선에 천무진은 무심히 말했다.

"글쎄. 일반적으로 옳지 않은 방식으로 남을 속이는 걸 협잡꾼이라고 하지 아마?"

"그렇죠. 역시 뭘 아시네."

곧바로 맞장구치는 백아린의 모습에 한천은 가슴을 두드리며 비통한 목소리로 중얼거렸다.

"하, 빠르게 통과했다고 그렇게 좋아하실 때는 언제고. 역시 사람은 뒷간을 들어가기 전과 나온 후가 다르다고 하더니……."

억울하다는 듯 마차의 지붕을 올려다보며 중얼거리는 그의 모습에 백아린이 피식 웃었다.

그렇게 세 사람이 대화를 나누는 사이.

마차는 어느새 최근 들어 사건 사고가 가득한 운남성의 남쪽 지역으로 들어서고 있었다.

4장. 습격
— 뭐라는 거야

　셋을 태운 마차는 검문소를 지나고도 계속해서 쉬지 않고 움직였다. 꼬박 하루를 더 달렸을 무렵 한천의 입에서 죽는소리가 흘러나왔다.

　"아이고, 내 볼기짝이야."

　거의 기대다시피 앉아 있는 한천은 죽겠다는 듯 축 처져 있었다.

　며칠이나 제대로 쉬지도 못하고 마차를 타고 이동한다는 건 무인인 그에게도 생각보다 고역이었다.

　어제까지만 해도 멀쩡하게 참고 있던 한천이 갑작스레 죽는소리를 시작한 건, 곧 마을에 들를 일이 있다는 걸 알기 때문이다.

마을에 들를 거라는 걸 알자마자 그동안 참아 왔던 죽는 소리들이 터져 나온 것이다.

그런 그의 모습에 맞은편에서 팔짱을 낀 채로 눈을 감고 있던 백아린이 슬그머니 입을 열었다.

"좁아 죽겠는데 자꾸 발 디밀지 말고."

"대장, 오늘 그 마을에서 좀 쉬고 가는 겁니까?"

"그걸 내가 정하나. 저기 계신 의뢰인께서 정하시는 거지. 그렇죠?"

간절하다는 듯 한천이 말하자 백아린이 눈을 뜨고는 슬쩍 천무진에게 선택을 넘겼다.

"……뭐야 그 눈은."

두 손을 마주 잡은 채로 자신을 바라보는 한천의 모습에 천무진은 기겁한 듯 슬쩍 상체를 뒤로 뺐다.

한천이 말했다.

"이 정도로 달려왔으면 여유가 있을 거 같은데 오늘 하루 정도는 객잔에서 좀 쉬고 가시는 게 어떻습니까?"

"흐음."

천무진이 대답 대신 애매한 태도를 취하자 한천이 좁디좁은 마차 내부에서 조금 더 밀착할 듯 다가왔다. 그런 모습에 천무진이 손으로 그를 막으며 말했다.

"처음부터 오늘쯤 쉬고 가려고 했어. 어차피 이번에 들를 마을에선 해야 할 일들도 제법 있잖아."

천무진의 말에 한천이 화색을 띠며 양손을 번쩍 들어 올렸다.

하지만 그는 이곳이 마차 내부라는 걸 잊고 있었던 듯싶었다. 손을 치켜드는 것과 동시에 부닥치는 소리가 터져 나왔다.

쿵.

"아악!"

손을 번쩍 들어 올리다 지붕에 부닥치자 한천이 양손을 부여잡고 고통스러운 표정을 지어 보였다.

그리고 그런 그를 보며 백아린이 기가 막힌다는 얼굴을 했다.

그녀가 핀잔을 주듯 말했다.

"이 마차 혹시라도 문제 생기면 부총관 급여에서 깔 테니까 알아서 하라고."

"아니 제가 이번 여정에서 얼마나 큰일을 해냈는데 그런 무서운 소리를 하십니까?"

"그건 어제 일이잖아."

"겨우 하루 만에 그 공로가 없어지는 겁니까?"

"그 인맥 만들려고 나간 술값이 어디에서 나온 건지는 잊은 거고?"

"흠흠. 그거야 당연히 신루에서 나오긴 했지만, 그 술을 마시느라 상한 제 몸도 좀 생각을 해 주셔야……."

"아, 그러세요? 그럼 부총관 술값 만들어 내느라 잠도 못 잘 정도로 상부에 들들 볶인 탓에 상한 제 피부도 좀 생각을 해 주셔야 되지 않겠습니까?"

곧바로 자신의 말투를 따라 하는 백아린의 모습에 한천은 뭐라 할 말을 찾지 못하겠는지 멍하니 있다가 괜히 이내 옆에 있는 천무진에게 말을 걸었다.

"저희 대장이 저런 분입니다. 피도 눈물도 없으신 분이죠. 천 소협도 조심하셔야 할 겁니다."

"걱정 마세요. 전 의뢰인한테는 언제나 배려 가득하거든요. 특히나 저희한테 필요한 의뢰인이라면 더더욱요."

곧바로 백아린이 받아쳤다.

의뢰인에게는 그러지 않을 거라는 의미에서 말을 꺼낸 것이지만 천무진의 귀에 중요하게 틀어박힌 건 다른 단어였다.

그가 입을 열었다.

"그쪽에겐 내가 필요한 의뢰인인가 보군."

"당연하죠. 천도의 맹약을 떠나 천룡성의 의뢰를 받고 움직인다는 건 저희 같은 정보 단체에겐 큰 이득이 될 수 있거든요."

빠르게 대답한 그녀가 자신의 이야기를 이어 나갔다.

"솔직히 말해 전 천도의 맹약 같은 건 크게 신경 쓰지 않아요. 명분보다는 실리를 우선으로 생각하거든요. 루주님이야 당연히 신루를 이끄셔야 하는 분이니 명분 같은 것도 고민하시겠지만 개인적인 제 생각만 말씀드리자면 오래전 맺어진 언약 따위만으로 돕는다는 거…… 솔직히 어떻게 믿을 수 있어요? 서로에게 이득이 되는 뭔가가 있는 게 더 확실하죠. 적어도 그렇다면 상대방을 배신하진 않을 거 아니에요."

백아린은 속이지 않고 솔직히 자신의 생각을 말했다. 긴 말이 끝났을 무렵 천무진은 그저 물끄러미 그녀를 바라보고만 있었다.

그가 아무런 말이 없자 백아린이 조심스레 말했다.

"설마 천룡성을 우습게 봤다는 식으로 들려서 기분 상한 건 아니죠?"

"……아니, 오히려 그 반대야."

"반대라뇨?"

"지금 그 생각 맘에 들어."

천도의 맹약을 그리 중요하지 않다는 식으로 말하는 백아린의 태도, 헌데 우습게도 천무진은 그런 그녀의 모습이 마음에 들었다.

비참했던 과거의 삶이 없었다면 천도의 맹약을 중요시 이야기하지 않는 백아린의 태도가 내키지 않았을 수 있다.

천도의 맹약은 천룡성이 그만큼 무림을 위해 싸워 준 대가이자, 증거였으니까.

하지만 고통 가득했던 삶을 살았던 천무진으로서는 지금 그녀의 대답이 틀렸다는 생각이 들지 않았다.

약속 하나만을 가지고 무작정 누군가를 믿는다는 것, 그 것이 옳을 정도로 세상이 녹록지는 않다는 걸 너무도 잘 알 았으니까.

세상에 당연한 건 없고, 결국 모든 건 각자의 이득을 위 해 선택할 수밖에 없다.

맹약으로 이어져 있으니 무조건 같은 편이라고 생각하고 행동했다가는 아마도…… 다시금 찾아온 이번 생 또한 저 번과 별반 다르지 않을 것이다.

의외의 대답에 백아린이 고개를 갸웃하자, 천무진이 말 했다.

"당신 말대로 난 적화신루가 가져다줄 정보가 필요해. 그리고 당신들은 내가 의뢰하는 것들을 통해 앞으로 무림 을 뒤흔들 비밀스러운 사건에 대해 다른 정보 단체들보다 한발 빠르게 접근할 수 있겠지."

천무진의 말에 백아린과 한천은 공감한다는 듯 끄덕였다.

그런 둘을 향해 천무진이 말을 이어 나갔다.

"한 마디로 지금은 서로에게 서로가 필요한 상황이라는 거고. 그럼 적어도 서로가 필요한 지금은…… 뒤통수를 칠 일은 없을 거라는 소리잖아?"

이용만 당하다 비참한 최후를 맞이했던 전생의 기억, 그랬기에 이제는 아무것도 모른 채로 이용당하는 건 질색이다.

이번의 삶은 그 모든 걸 바꾸고 자신의 의지대로 살아갈 것이다.

그녀에게 조종당하던 껍데기뿐인 천하제일인이 아닌 천룡성의 천무진으로.

그리고 지금 이 여정이 자신의 의지대로 살아가기 위해 내디딘 첫 발걸음이었다.

천무진이 여유 가득한 표정으로 말했다.

"난 마음껏 당신들의 정보력을 이용할 생각이야. 그러니 그 정보를 가지고 뭔가를 하는 건 적화신루에서 알아서 해. 단, 이거 하나만은 알아 둬."

그의 얼굴이 일순 싸늘하게 변했다.

"만약 당신들의 정보력이 나를 노리는 그 순간…… 나의 검 또한 그대들을 향할 수 있다는 걸."

과거의 삶에선 정체불명의 그녀에게 표적이 되었던 적화신루, 그랬기에 지금의 생에서는 그나마 믿을 수 있었지만 결국 자신이 다르게 움직이고 있으니 미래가 바뀔 수도 있다는 건 염두에 두어야 한다.

그 말은 곧 적화신루의 상황 또한 달라질 수 있다는 걸 의미했다.

천무진의 경고에 기분이 나쁠 법도 하련만 백아린은 오히려 입가에 미소를 지었다. 그녀가 덤덤하게 말을 받았다.

"충고 새겨듣죠."

지금 당장엔 도움을 받아야 하기에 함께하고 있고, 언제까지일지는 가늠할 수 없지만, 결국엔 다른 길을 가야 할 수도 있는 이들.

천무진은 그렇게 생각했다.

허나 백아린의 말은 여기서 끝나지 않았다.

"하지만 이것도 알아줄래요?"

"……?"

"적화신루는 의뢰인을 배신하지 않는다는 걸요. 지금처럼 저희의 의뢰인인 이상 그 어떤 일이 있어도 그쪽의 의뢰로 알게 된 정보들을 팔아 당신에게 피해가 가게 하지는 않아요. 그게 저희가 살아가는 방식이거든요."

"지금 그 말 책임질 수 있어?"

"그럼요. 제 스스로 한 약속이니까. 오래전 선조들이 한 천도의 맹약 같은 것이 아닌, 제가 정하고 직접 입으로 꺼낸 진짜 약속이요."

당당히 답하는 백아린의 모습에서는 일말의 흔들림도, 거짓됨도 느껴지지 않았다.

자신의 눈빛을 피하지 않고 똑바로 바라보는 그녀의 깨끗한 눈동자에 천무진은 고개를 끄덕였다.

"뭐, 그쪽이 그렇게 해 보겠다면야."

말을 마친 그는 창문 쪽으로 고개를 돌렸다.

그 대답이 썩 마음에 들었다는 사실을 백아린이 눈치채는 걸 원하지 않았기에.

*　　　*　　　*

셋을 태운 마차가 마을에 들어서고 있었다.

한천의 바람대로 일행은 오늘 들른 이 신포(伸浦)라는 마을에서 하루 쉬어 갈 계획이었다.

쉼 없이 달려온 덕분에 목적지까지의 여정에 아직 여유가 있기도 했고, 마을에 들른 김에 할 일이 제법 있었기 때문이다.

이 마을에 들른 가장 중요한 이유는 바로 이곳에서 적화신루에게 의뢰했던 양휴에 대한 정보를 받기로 되어 있기 때문이다.

거기에 이틀이 넘는 시간을 밤새 달려온 말과 마부 또한 바꿔야 했고, 저번 마을에서 사 놨던 간단한 요깃거리들도 떨어진 상황이다.

이 모든 걸 준비하려면 적잖은 시간이 소요될 터.

편안한 침상에서 잠을 자고, 제대로 된 음식만 먹을 수 있다 뿐이지 여유 시간은 그리 많지 않았다.

신포의 길거리를 달리던 마차가 이내 천천히 멈추어 섰다.

마차가 완전히 멈추자 곧 문이 열리며 대검을 든 백아린이 먼저 아래로 내려섰다. 그녀는 찌뿌듯한 몸을 풀기라도 하는 것처럼 길게 기지개를 폈다.

말은 안 했지만 백아린 또한 긴 여정에 다소 지쳐 있었던 모양이다.

"하아."

소리를 내며 그녀는 밝은 얼굴로 주변을 두리번거렸다.

신포는 인근에서 가장 큰 마을이다.

원래는 사람들로 제법 북적거리는 곳이었는데, 아직 시간이 그리 늦지 않았음에도 불구하고 길거리는 다소 한산한 느낌을 풍겼다.

아무래도 최근 이 근방의 좋지 않은 분위기 때문인 듯싶었다.

'새외 세력과 녹림도들이 날뛴다고 들었는데 여기까지 여파가 있었던 모양이네.'

그들과 관군의 대치로 혼란스러운 상황이 되면 문제는 다른 곳에서도 벌어진다.

커다란 세력들이 날뛰니 자연스레 어중이떠중이들도 기회다 싶어 행패를 부리곤 하는 것이다.

상황이 이렇게 흐르다 보니 정파를 대표하는 단체인 무림맹에서 이곳 운남에 거점을 두고 있는 점창을 돕기 위해 무인들을 파견할지도 모른다는 소문이 돌고 있었다.

객잔 안에서부터 풍겨 나오는 갖가지 음식 냄새 때문이었을까?

그녀의 소맷자락 안에 계속 숨어 있던 치치가 빠져나왔다.

쏜살같이 빠져나온 치치는 곧바로 옷자락을 타고 자연스레 그녀의 어깨 위로 올라섰다.

뒤이어 마차에서 내린 한천이 그런 치치를 향해 혀를 내둘렀다.

"하여튼 코는 개코야. 어차피 옥수수 알갱이 같은 거나 먹는 녀석이 뭘 그리 궁금하다고 그새를 못 참고 튀어나왔대?"

말과 함께 꼬리를 잡고 흔들어 대는 한천의 태도가 못마땅했는지 치치는 손에 쥐고 있던 옥수수 알갱이를 그에게 냅다 던졌다.

탁.

미간에 옥수수 알갱이를 맞은 한천이 짐짓 화난 표정으로 치치를 괴롭히려고 할 때였다.

한천은 자신을 향한 백아린의 시선에 움찔하고는 헛기침을 해 대기 시작했다.

"험험."

"부총관, 내가 치치 괴롭히지 말랬지?"

자그마한 주머니에서 옥수수 알갱이 하나를 꺼내 치치에게 쥐여 주며 백아린이 말했다.

알갱이를 건네받은 치치가 좋다는 듯 울음소리를 흘렸다.

"끽끽."

마치 약 올리는 것처럼 느꼈는지 한천이 치치를 보며 이를 갈 때였다.

뒤편에 있던 천무진이 말했다.

"이제 보니 그쪽이 여기서 서열 꼴찌였나 보네."

"에이! 아무리 그래도 제가 저 다람쥐 녀석보다 아래겠습니까? 그죠, 대장?"

"해야 할 일들이 많은데 나눠서 할까요?"

대답 대신 백아린이 화제를 돌렸다. 하지만 이미 그걸로 충분히 대답이 됐다는 건 충격 받은 표정을 짓고 있는 한천의 얼굴이 말해 주고 있었다.

그녀는 한천의 시선을 무시한 채로 말을 이어 나갔다.

"먼저 객잔에 가서 방을 잡고 쉬고 계세요. 제가 의뢰하신 정보가 왔는지 확인하러 가고, 부총관이 앞으로 남은 일정에 필요한 것들을 사 오도록 하죠. 괜찮으시죠?"

백아린의 말에 천무진은 고개를 끄덕였다.

자신이 할 일은 그다지 없었기에 싫을 이유가 없었다.

"그럼 이따 뵐게요."

말을 마친 그녀는 곧바로 옆에 서 있는 한천의 어깨를 툭툭 치고는 움직이라는 듯 고개를 까닥거렸다.

한천이 먼저 움직였고, 이내 백아린 또한 객잔 옆에 난 길을 통해 모습을 감췄다.

순식간에 두 사람이 사라지고 마차 또한 객잔 한편에 위치한 마구간으로 들어가는 걸 확인하고서야 천무진이 움직였다.

끼이익.

객잔의 문을 열고 안으로 들어선 천무진은 슬쩍 내부의 상황을 살폈다.

저녁 식사가 한창일 시간, 그렇지만 객잔 내부는 한산했다. 몇 개의 탁자에 사람들이 자리하고는 있었지만, 그 숫자가 반의반도 채 되지 못했다.

거기다 행색을 보아하니 그들 대부분은 외지인이 아닌 이곳 마을 사람들처럼 보였다.

천무진의 등장에 구석에 앉아 쉬고 있던 나이 든 객잔 주인이 서둘러 다가왔다.

가까이 다가선 그는 슬쩍 천무진의 눈치를 살폈다.

들어선 천무진이 식사만 할 손님인지, 아니면 투숙까지 할 손님인지를 파악하려는 듯 보였다.

그런 객잔 주인을 향해 천무진이 말했다.

"방 세 개 있소?"

"그럼요. 있고말고요."

가뜩이나 장사가 잘 안되는 차에 투숙까지 하는 손님을 받자 객잔 주인의 안색이 밝아졌다. 거기다 하나도 아닌 세 개나 빌린다 하니 빈방 때문에 골머리를 썩이고 있던 주인의 입장에서는 좋을 수밖에 없었다.

"자자, 그럼 이쪽으로."

싱글벙글한 얼굴을 한 그가 천무진을 데리고 객잔 위층으로 걸음을 옮겼다.

둘과 헤어지고 백아린이 향한 곳은 마을 한쪽에 위치한 자그마한 포목점이었다.

포목점의 물건을 정리하고 있던 젊은 사내가 휘장을 걷

으며 들어오는 기척에 입을 열었다.

"어서 옵쇼."

인사를 하는 사내를 향해 다가간 백아린이 허리춤에 감춰져 있던 명패를 슬쩍 내비쳤다. 사총관(四總管)이라 적힌 글자를 확인한 그는 그제야 고개를 돌려 상대를 확인했다.

주변엔 아무도 없었지만 그럼에도 백아린은 우선 말을 돌렸다.

"전에 예약한 물건을 보려고 왔는데요."

"아이고, 안으로 드시죠."

젊은 사내는 모르는 척 말을 받았다.

말을 마친 그는 포목점 안쪽에 있는 곳으로 발걸음을 옮겼다. 걸쇠가 잠긴 문을 열고 안으로 들어서자 뒤쪽 건물과 이어진 비밀 통로가 모습을 드러냈다.

그 길을 통해 뒤편에 있는 건물로 건너가자, 포목점의 몇 배는 될 정도로 커다란 공간이 모습을 드러냈다.

서류들이 가득한 이곳은 적화신루의 거점 중 하나였다.

가벼운 말투를 사용하던 젊은 사내의 목소리가 일순 묵직하게 변했다.

"사총관님을 뵙습니다."

포권을 취하며 예를 갖추는 사내를 향해 백아린 또한 아까와는 달라진 어투로 말을 받았다.

"내가 올 거라는 보고 받았지?"

"네, 가까운 시일 내에 찾아오실 거라는 말은 전달받았었습니다."

묵묵히 대답하는 사내를 향해 그녀가 손을 내밀었다.

"양휴에 대한 정보."

천무진에게 전달하기 전에 간단하게나마 자신도 뭔가 확인해 보려던 백아린이다. 시간적 여유가 없으니 긴말보다는 가져온 정보를 서둘러 확인하려 했는데…….

그녀의 말에 사내가 조심스레 입을 열었다.

"저 이런 말씀 드려 송구한데 문제가 생겼습니다."

"문제?"

앞을 보고 있던 백아린이 사내를 향해 시선을 돌렸다. 말해 보라는 듯한 그녀의 눈빛에 그가 서둘러 말했다.

"아직 정보가 오지 않았습니다."

대답을 듣자 백아린은 표정을 찡그렸다.

있을 수 없는 일이었기 때문이다.

"그게 무슨 소리야. 분명 내가 이곳에 도착하기 전에 준비해 놓으라고 말했고, 시간도 충분하다고 답변을 받았는데. 신루의 정보 체계에 무슨 문제라도 생긴 거야?"

손꼽히는 정보 단체인 적화신루에겐 쉬이 일어나지 않는 일, 그랬기에 백아린은 신루에 무슨 문제가 생긴 게 아닌가 여긴 것이다.

허나 사내의 입에서 나온 건 그녀의 예상보다 훨씬 더 충격적인 말이었다.

그가 어렵사리 말했다.

"직접 양휴의 뒤를 캐던 신루의 정보원들이…… 몰살당했습니다."

"뭐?"

그 한마디에 백아린은 놀란 듯 눈을 치켜떴다.

허나 놀람은 잠시였다.

놀랐던 감정이 사라지며 이내 적화신루의 정보원이 몰살당했다는 사실에 그녀는 화가 치밀어 올랐다.

백아린의 손바닥이 앞에 있는 탁자를 강하게 움켜쥐었다.

빠드득.

부서져 나간 탁자의 일부분이 백아린의 손에서 가루가 되어 흘러내렸다.

싸늘한 눈동자로 그녀가 입을 열었다.

"……어떤 놈들이야?"

* * *

백아린의 질문에 사내가 답했다.

"아직 밝혀내지 못했고, 지금 별도로 조사 중이라고만 전해 들었습니다."

그녀가 물었다.

"이번 조사에 몇 조가 움직였지?"

"중요한 의뢰라 오 조 전원이 움직였었답니다."

"……그런데 몰살당했다고?"

오 조라면 적화신루 내의 조사단 중에서도 실력 있는 이들이 모여 있는 곳이다. 그런 자들이 몰살이라니? 상대가 대마두거나, 높은 위치에 올랐던 무림 명숙이라면 모른다.

그런데 고작 양휴 정도를 조사하는 데 그들이 몰살당했다는 게 믿을 수가 없었다.

대체 그에게 무슨 비밀이 있기에…….

"하아."

그녀가 깊은 한숨을 내쉬었다.

적화신루의 전력 손실을 떠나, 수하들의 죽음은 그녀를 착잡하게 만들었다.

'고생들 했어요. 그곳에서는 편히 쉬어요.'

눈을 감은 백아린은 죽은 수하들을 향한 마지막 인사를 건넸다. 대부분이 얼굴조차 알지 못하는 이들이지만, 한배를 타고 나아가던 동료들이다.

그런 이들의 죽음이니 결코 가볍게 느껴지지 않았다.

허나 그녀는 곧 마음을 다잡았다.

죽은 그들에게 해 줄 수 있는 것이라곤 남은 식솔을 챙겨 주고, 이렇게 평안을 빌어 주는 짧은 인사가 전부였다.

내일이라도 갑작스러운 죽음을 맞을 수 있다는 것, 그것이 무림이라는 세상에 몸담은 이들의 숙명이었으니까.

감정을 추스른 백아린이 물었다.

"그래서 정보는 어떻게 됐지?"

"곧바로 대기조가 투입되어 정보를 모았고, 그 때문에 다소 시간이 더 걸려서 아직까지 정보가 도착하지 않은 겁니다."

적화신루는 동네 구멍가게가 아니다.

언제나 완벽을 추구해야 하는 정보 단체의 입장 상 정보를 찾으려 움직이는 조사단에게 일어날 만약의 상황 또한 대비하고 있다.

정보의 크기에 따라 투입될 조가 정해지고, 그중 몇 명이 거기에 매달릴지도 철저한 검토 후에 확정한다.

정확한 판단을 근거로 배치하니 그들이 실패하는 경우는 거의 없다. 하지만 아주 만약에라도 자신들이 파악하지 못한 부분으로 인해 조사단에게 무슨 일이 벌어지게 되면 곧바로 대기조가 투입된다.

그들은 조사단이 하던 일을 이어서 마무리 짓는 일을 하게 된다.

이번 양휴의 일도 마찬가지였다.

전멸한 오 조의 일을 위임받은 그들이 어떻게든 의뢰를 매듭지은 것이다.

백아린이 물었다.

"그럼 정보는 언제쯤 받아 볼 수 있는 거지?"

"이틀 정도 후에 가능할 것 같습니다."

사내의 말에 백아린은 옆에 걸려 있는 커다란 운남의 지도를 확인했다.

사실 지금 그녀는 자신들의 목적지를 알지 못하고 있다. 천무진이 정확한 목적지를 말해 주지 않았기 때문이다.

그나마 말해 준 게 원강(元江) 쪽으로 간다는 것이라 막연하게 그쪽과 이어진 관도를 따라 남쪽으로 이동하는 중이었다.

지도에서 원강 인근을 확인하던 그녀가 지도의 한 곳을 가리키며 말했다.

"그럼 이곳에서 확인하는 걸로."

"알겠습니다. 그리 보고해 두도록 하겠습니다."

"아, 그리고 오 조를 몰살시킨 놈들에 대한 뭔가 알게 되는 게 있으면 그것도 나에게 전부 전달해 달라고 말해 줘."

"예. 그것도 바로 요청해 두겠습니다."

"의뢰는 그럼 그렇게 정리하는 걸로 하고 하나 묻고 싶은 게 있는데."

"네, 말씀하시지요."

"보니까 마을 분위기가 가라앉아 있던데…… 상황이 그 렇게나 안 좋은 거야?"

운남성의 소식은 주기적으로 전해 들어 알고는 있었지 만, 막상 와서 본 분위기는 생각보다 더 심상치 않아 보였 다.

그녀의 물음에 사내가 답했다.

"이 근방 마을들 분위기가 전체적으로 다 이렇습니다. 그나마 이곳은 큰 마을이라 양호한 편이지요. 곳곳에서 도 적들이 나타나 약탈을 하고, 새외 세력들이 살육을 벌이기 도 하는 상황이니까요."

"살육까지? 그런 이야기는 못 들었는데."

"얼마 되지 않은 사건이라 아직 사총관님께는 들어가지 않았을 겁니다."

비록 이곳 운남이 백아린의 담당 지역은 아니었지만, 그 정도 큰일이라면 귀에 들어오기 마련.

사내의 말대로 사건이 벌어진 지 그리 오랜 시간이 지나 지 않아 그런 끔찍한 일이 있었다는 걸 몰랐던 모양이다.

생각보다 심각한 상황.

백아린은 문득 궁금해졌다.

'대체 이곳 운남에서 누구를 만나려고 하는 거지?'

운남까지 오면서 만나려 한 상대. 허나 천무진이 그 상대가 누군지 내색하지 않으니 백아린으로서는 알 방도가 없었다.

그것이 못내 궁금했지만…….

생각을 마무리한 백아린이 사내에게 말했다.

"그럼 내가 말한 것들 부탁하지."

"예, 사총관님."

말을 마친 그녀가 몸을 돌려 포목점을 걸어 나왔다.

어느덧 뉘엿뉘엿 지고 있는 해를 잠시 바라보던 백아린이 천천히 객잔을 향해 나아가기 시작했다.

일이 틀어진 걸 천무진에게도 알려야만 했으니까.

그녀는 서둘러 객잔으로 갔고, 이내 천무진이 있는 방으로 향했다.

객잔 주인의 안내로 곧장 천무진이 쉬고 있는 방에 도착한 그녀가 문을 두드렸다.

"들어가도 될까요?"

"들어와."

안에서 천무진의 승낙이 떨어지자 그제야 그녀가 문을 열고 안으로 들어섰다.

의자에 걸터앉아 있던 천무진은 백아린을 확인하고는 이

내 눈살을 찌푸렸다. 당연히 가지고 올 거라 여겼던 양휴에 대한 서류들이 보이지 않아서다.

그가 물었다.

"왜 빈손이야?"

"일이 좀 생겼어요."

"일?"

"정보는 정리됐는데 아직 이쪽으로 오고 있는 모양인 것 같아요."

"애초에 시간을 정한 건 그쪽이잖아. 그런데 이제 와서 조금 더 걸릴 것 같다고? 장난치는 거야?"

기다렸던 정보가 늦어질 거라는 말에 화가 치밀었는지 천무진이 쏘아붙였다.

빠르게 정보를 전달받기 위해 동행까지 한 상황, 그 첫 의뢰부터 이렇게 어그러지니 기분이 좋을 리가 없었다.

그런 그에게 백아린은 변명이 아닌 사과로 마주했다.

"미안해요. 생각지도 못한 일이 생겼다고 해도 어떻게든 일정을 맞춰야 하는 게 우리 일이었는데 그러지 못했어요. 총관으로서 의뢰인에게 뭐라 드릴 말씀이 없네요. 정말 미안해요. 이틀 후에는 받아 볼 수 있다고 하니 이번엔 어긋나지 않게 확실히 처리할게요."

그녀가 거듭 사과의 뜻을 내비쳤다.

곧바로 사과를 하는 백아린의 행동에 천무진의 화가 조금 누그러졌다.

거기에 아예 이 의뢰가 엎어졌다면 모를까 이틀 정도의 시간이 더 걸리는 정도라고 하니 천무진 또한 더는 그것을 문제 삼지 않았다.

허나 넘어가 주는 건 그렇다 쳐도, 대체 왜 이런 일이 벌어졌는지는 알아야 했다.

천무진이 물었다.

"사과는 됐고, 무슨 일인데?"

"직접 양휴의 뒤를 캐던 이들이 모두 죽었어요."

"죽어? 양휴한테?"

"아직 몰라요. 하지만 양휴가 실력을 감추고 있었다면 모를까 그 정도 되는 자가 죽일 수 있는 이들이 아니에요."

수하들의 실력이 어느 정도인지 잘 알고 있는 백아린이 확신 어린 목소리로 답했다. 그녀의 말에 천무진은 과거의 기억을 더듬었다.

양휴와의 싸움, 분명 그는 알려진 것보다는 조금 더 강했다.

하지만 그뿐이었다.

예상보다 엄청나게 특출한 실력을 지녔었다면 그러한 부분을 미리 백아린에게 전달했을 게다.

그렇다면 죽어 버린 조사단은 양휴의 짓이 아니라는 것인데…….

생각이 거기까지 미치자 천무진이 서둘러 물었다.

"당신 쪽 사람들을 죽인 이에 대한 정보가 나온다면 혹시 나한테도 말해 줄 수 있어? 아주 자그마한 단서들이라도 좋아."

"그건 왜 필요하신데요?"

"내가 찾는 놈들과 연관이 있을지도 모른다는 생각이 들어서."

애초에 양휴를 조사하고자 했던 이유는 그를 죽여 달라는 부탁을 했던 정체불명의 그녀와 그 뒤에 숨겨진 모종의 세력들을 찾아내기 위해서다.

이번 적화신루 조사원들의 죽음은 그들과 연관이 없을지도 모르지만…… 그냥 넘기기엔 뭔가 석연치 않았다.

천무진의 설명을 들은 백아린이 고개를 끄덕였다.

"천룡성의 의뢰와 관련된 것일 수도 있다면 그렇게 하도록 할게요."

"그래, 부탁할게."

해야 할 대화가 끝나자 백아린이 조심스레 물었다.

"식사는 어떻게 하실래요?"

"난 별로 생각 없으니 둘이서 알아서들 해. 방해받고 싶지 않으니 내일 보자고."

"알겠어요. 그럼 전 나가 보죠. 내일 일찍 출발할 수 있게 미리 말과 마부도 준비해 둘게요. 푹 쉬시고 식사도 챙겨 드세요."

인사를 마친 그녀가 나가자, 이내 방 안에는 적막이 감돌았다.

방에 홀로 남은 천무진은 상념에 잠겼다.

대체 왜 양휴의 뒤를 캐던 적화신루의 무인들이 죽은 걸까?

정말로 이번 일이 자신이 찾는 그들과 연관이 있는 걸까?

만약 그렇다면 뭔가 말이 되지 않는다.

저번 삶에선 분명 자신을 이용해 양휴를 죽였다.

그런데 이번엔 그의 뒤를 캐는 이들을 죽인다?

물론 자신이 양휴를 죽인 건 지금으로부터 몇 년 후의 일이다. 그 몇 년이라는 시간 동안 뭔가가 바뀌었을 수도 있긴 했지만…….

분명 자신이 모르는 뭔가가 있는데, 그것이 뭔지 도통 모르겠다.

얼굴조차 기억나지 않는 그녀.

그리고 그런 그녀와 함께 자신을 이용했던 그자들까지.

해가 완전히 진 바깥에서 짙은 어둠이 밀려들었다. 그리고 촛불 하나 켜지 않은 방은 그런 어둠에 휩싸여 있었다.

그 어둠 속에서 천무진은 턱을 괸 채로 무서운 표정을 짓고 있었다.

알아야 했다.

그들의 속셈이 무엇인지를.

새카만 방에 홀로 앉아 있던 그가 돌아오지 않을 질문을 던졌다.

"……대체 너희들의 꿍꿍이가 뭐야?"

*　　　*　　　*

점심시간이 조금 지났을 무렵, 세 사람을 태운 마차가 마을을 벗어나 다시금 남쪽으로 달리고 있었다. 한천은 아직도 잠이 덜 깼는지 늘어지게 하품을 해 댔다.

그런 그를 보며 백아린이 핀잔 어린 말을 쏟아 냈다.

"부총관, 대체 언제 정신 차릴 거야?"

"대낮부터 움직이니 그러는 거 아닙니까. 오랜만에 침상에서 단잠 좀 자고 있었는데 그게 그리도 싫으셨습니까?"

"마을에서 쉰 것만도 다행으로 여겨."

말을 하며 백아린은 슬쩍 천무진의 눈치를 살폈다.

별다른 말은 하지 않았지만 어제의 일로 그녀는 계속해서 천무진에게 미안한 상황이었다.

그런 그녀의 속내를 아는지 모르는지 천무진은 그저 묵묵히 창밖을 바라보며 혼자만의 생각에 잠겨 있었다.

사실 천무진은 한숨도 자지 못했다.

양휴와 그들의 관계에 대해 떠올리자 꼬리에 꼬리를 무는 생각들 때문에 잠이 오지 않았기 때문이다. 운기조식으로 휴식을 대신한 그는 아침 일찍 이들과 함께 다시금 목적지로 향하고 있는 상황이었다.

한천이 말했다.

"그나저나 객잔 텅텅 빈 거 보셨습니까? 그 꼴로 계속 가다가는 쫄딱 망할 것 같던데요."

"그만큼 이 근방의 분위기가 좋지 않다는 소리겠지."

"망할 새끼들. 조용히 자기들 동네에 처박혀 있지 왜 이곳에 와서 애먼 사람들까지 죽여 대는지 원. 대체 그놈들은 갑자기 왜 그 지랄이랍니까?"

한천의 말에 마을을 출발한 이래 창밖만 바라보던 천무진이 처음으로 반응을 보였다.

그가 고개를 돌려 두 사람을 바라봤다.

천무진이 백아린에게 물었다.

"사람을 죽여?"

"네. 새외 세력에게 마을 몇 개가 거의 몰살되다시피 한 모양이더라고요."

"무인도 아닌 그냥 일반인을?"

물어보는 천무진의 목소리는 조금 높아져 있었다.

언제나 죽음을 각오하고 살아야 하는 무인, 허나 일반인은 아니다. 그들에겐 그들만의 삶이 있고 그 또한 존중받아야 할 것들이다.

그런 그들의 삶을 무공을 아는 강자라는 이유만으로 망가트리지 않는 건 무인들에게 불문율과도 같았다.

하물며 마을을 몰살시켰다면 그 안에는 어린아이와 노인, 힘없는 여인들까지도 있었을 터.

백아린이 설명을 이어 나갔다.

"그런 이유로 얼마 전보다 운남의 분위기가 더 안 좋아진 모양이에요. 녹림도들도 기회다 싶어 날뛰고 있고요. 마을을 약탈하기도 하고 장사를 하기 위해 움직이는 상단을 습격하기도 한다더군요. 길목에 숨어 있다가 지나가는 여행자들의 짐을 털기도 하고요."

"여행자들의 짐을 털어요? 하하, 설마 저희도 그런 놈들에게 털리는 건 아니……."

웃으며 말을 내뱉고 있던 한천을 향해 갑자기 천무진이 손을 내밀었다.

"잠깐."

손을 들어 한천의 이야기를 저지한 그가 바깥을 바라보며 말을 이었다.

"당신 무당이 돼 보는 건 어때. 신기가 있는 거 같은데."

"그게 무슨 소리랍니까?"

이해가 안 간다는 듯 천무진이 바라보는 바깥으로 고개를 내민 한천의 눈에도 무엇인가가 보였다.

아주 멀리 떨어진 곳의 나무 그늘 아래.

그곳에는 말과 건장한 사내들이 자리하고 있었다.

다니라고 만들어 둔 길 위니 누군가를 만나는 건 그리 특이한 일이 아니었다.

다만 문제는 그들이 하나 같이 흉악해 보이는 인상을 하고 있었다는 거다. 거기다가 허리에 달고 있는 커다란 무기들은 누가 봐도 겁을 줄 용도로 보였다.

그들의 모습을 본 한천이 나지막이 중얼거렸다.

"……딱 봐도 도적이군요."

"저 정도면 뭐 확정적이네."

마찬가지로 천무진이 바라보던 방향 쪽을 확인한 백아린이 말을 받았다.

한천이 자신의 입을 때리며 중얼거렸다.

"어휴, 하여튼 이놈의 주둥아리가 문제라니까."

그 순간 열여섯으로 구성된 그들 또한 마차를 발견했는지 재빠르게 말을 타고 달리기 시작했다.

그리고는 이내 양쪽으로 쫙 갈라지며 마차를 포위하듯 에워쌌다.

순식간에 거리를 좁히고 마차가 빠져나가지 못하게 자리까지 잡는 모습이 한두 번 해 본 솜씨가 아닌 듯싶었다.

마차 주변으로 말이 점점 다가오자 말발굽 소리가 천지를 진동시키는 것과도 같은 착각을 불러일으켰다.

두두두두두!

더불어 그들이 일으키는 흙먼지가 사방에서 피어올랐다.

마차를 포위한 그들은 사방에서 신명 난다는 듯 소리를 질러 댔다.

"끼요오옷!"

"푸하하! 이놈들!"

갑작스러운 녹림도들의 등장에 마차를 이끌고 있던 마부의 안색이 새하얗게 질려 버렸다. 그리고 때마침 앞을 막는 위치에서 이들을 이끄는 수장 사내가 말 머리를 돌렸다.

그리고는 제 자리에 선 채로 달리는 마차를 향해 버럭 소리쳤다.

"멈춰라!"

동시에 그가 쥐고 있던 도를 강하게 땅에 박아 넣었다.

쿠웅.

땅에 도가 틀어박혔고, 결국 정면을 막아선 녹림도들로 인해 마차 또한 멈추어 섰다.

마차를 멈춰 세운 마부가 기겁해서는 곧장 바닥으로 뛰어내려 넙죽 엎드렸다.

"제, 제발 목숨만은⋯⋯."

바닥에 엎드린 채로 덜덜 떠는 마부의 모습에 그는 더더욱 기가 살았다.

수장 사내가 마차를 향해 버럭 소리쳤다.

"야야, 됐고. 안에 있는 다른 놈들 빨리빨리 안 기어 나오냐! 겁을 단단히 먹고 그 안에 숨어 있을 요량인가 본데, 우리는 비겁한 놈들을 아주 싫어해. 그러니 냉큼 네발로 기어서 고개들 내밀라고!"

"낄낄낄!"

자신들의 우두머리가 내뱉은 말에 좋다는 듯 수하들이 웃어 젖혔다.

그런 시끄러운 주변의 상황에도 마차에 자리하고 있던 천무진이 표정을 찡그리며 말했다.

"저놈 지금 뭐라는 거야?"

"음⋯⋯ 죽고 싶다는 소리 같은데요."

백아린이 머리를 긁적이며 말을 받았다.

그때 슬쩍 바깥을 확인한 한천이 물었다.

"대장, 어떻게 할까요?"

"우선 나가야 될 거 같은데. 저기 있는 마부도 구해야 할 거 아냐."

"마침 배고팠는데 멈춘 김에 점심이나 먹을까요?"

"글쎄. 저놈들 얼굴 보니 입맛이 갑자기 뚝 떨어져서 말이야."

세 사람이 대화를 주고받는 사이 바깥에 있던 녹림도의 수장이 화가 났는지 얼굴을 붉히며 소리쳤다.

"이 새끼들이 지금 당장 나오라는 내 말을 무시하고 안에서 뭐라고들 쑥덕거리고……."

"예예, 나갑니다."

말을 싹둑 자르며 한천이 마차의 문을 열고 먼저 내려섰다.

그 뒤를 이어 천무진이, 그리고 백아린이 순서대로 마차에서 나왔다.

여유 있는 표정으로 히죽거리던 녹림도들의 표정이 돌변한 건 마지막으로 백아린이 모습을 드러낸 바로 그 순간이었다.

웃음기 가득했던 얼굴이 순간적으로 경직됐다.

너무도 아름다운 여인이었으니까.

평생을 살아오며 봐 왔던 그 어떤 여인과도 견줄 수 없을 정도로 압도적인 미모.

긴 머리카락이 바람에 하늘하늘 흔들리며 자아내는 청순한 그 모습에 이곳에 있던 열여섯 명의 녹림도 모두는 넋을 잃고 그녀를 멍하니 바라보는 수밖에 없었다.

마찬가지로 반쯤 정신을 잃고 있던 수장 사내가 화들짝 정신을 차렸다.

넋이 나갔던 눈동자에 서서히 음흉한 빛이 감돌기 시작했다.

그가 혓바닥으로 마른 입술을 축이고는 손바닥으로 거칠게 얼굴을 쓸어내렸다.

사내의 얼굴에는 감추기 어려운 더러운 미소가 가득했다.

그가 입을 열었다.

"……원래는 순순히 가지고 있는 것만 전부 내놓고 가면 모두 그냥 보내 주려 했는데 막 생각이 바뀌었다."

그는 바닥에 박았던 자신의 도를 뽑아 어깨에 걸쳤다. 그리고는 이내 흉흉한 기운을 뿜어 대며 말을 이었다.

"너희들이 지닌 재물, 저 말과 마차. 그리고…… 저 계집도 놓고 가라."

말을 내뱉은 그자는 눈을 부라렸다.

마치 허튼 반항 따위 하지 말고 어서 이곳에서 사라지라는 듯이.

　그런 상대의 말에 천무진은 옆에 있는 백아린을 슬쩍 바라봤다.

　애초부터 그냥 좋게 넘어갈 수 있을 거라고는 생각하지 않았다. 그렇다면 결국 이들과 싸워야 한다는 소리였는데……

　천무진은 자신의 실력을 먼저 보여 줄 의향이 없었기에 상황을 백아린에게 돌렸다.

　"어떻게 해 줘? 그쪽 두고 가라는데. 두고 갈까?"

　천무진의 말에 백아린이 고개를 저었다.

　"쫓아가기 귀찮은데 잠시만요. 가능하면 부총관한테 맡기려 했는데, 직접 지목까지 해 오니 어쩔 수 없죠."

　말을 마친 백아린이 앞으로 스윽 걸어 나갔다.

　그리고는 이내 발 아래쪽에 있는 마부를 향해 말했다.

　"아저씨 뒤로 빠져요."

　엉거주춤한 자세로 서 있던 그는 반쯤 정신이 나가 있던 상황에서도 그녀가 시키는 대로 뒤쪽으로 몸을 움직였다.

　마부가 거리를 벌리자 백아린의 손이 천천히 뒤로 향했다.

　그리고 그 손은 얼굴을 지나 등 뒤에 매달려 있는 대검의 손잡이에 닿았다.

대검을 뽑을 것만 같은 자세를 취하자 사내가 귀엽다는 듯 웃음을 터트렸다.

"흐흐, 이 요망한 것. 얼굴값 하겠다고 앙탈을 부리는구나. 그 손으로 그런 무거운 무기를 휘두를 수나 있겠느냐. 그냥 그 무기 내려 두고 냉큼 내 품에 안기거라. 내 친히 너를 귀여워해 줄 테니."

말과 함께 그자가 성큼 한 걸음 다가설 때였다.

대검의 손잡이를 쥐고 있던 백아린의 손이 꿈틀했다.

동시에 등 뒤에서 번개처럼 뽑혀져 나온 대검이 그대로 다가오던 상대를 후려쳤다.

부와와왕!

빠가각!

일부러 날이 아닌 커다란 옆면으로 후려쳤기 때문인지 전신의 뼈가 아작 나는 소리가 터져 나왔다.

허공으로 붕 떠서 수십 바퀴를 회전하던 사내는 그대로 바닥으로 곤두박질쳤다.

쿠웅.

큰 덩치의 사내가 바닥으로 떨어지며 주변으로 먼지가 피어올랐다.

그렇게 일격에 나가떨어진 그는 바닥에 널브러진 채로 손가락 하나 옴짝달싹하지 못하고 있었다.

눈으로 보고도 믿기 힘들 만큼 갑작스레 벌어진 사건에 사내의 수하들이 멍하니 서로의 얼굴을 바라봤다.

그리고 그녀의 실력에 동요한 건 그들만이 전부가 아니었다.

뒤쪽에서 백아린의 모습을 처음부터 끝까지 예의주시하고 있던 천무진의 표정 또한 변해 있었다.

'……깔끔하군.'

무서울 정도로 검과 하나가 된 움직임이었다.

대검을 뽑아내는 것부터 시작해서 상대를 향해 휘두르는 일련의 움직임이 마치 하나의 완벽한 그림과도 같았다.

거기다 보통 검이 아닌 저토록 커다란 대검을 마치 장난감처럼 휘둘렀다. 얼마만큼의 혹독한 훈련을 거쳤기에 그게 가능한 것일까?

어느 정도 이상의 실력자라는 건 처음부터 예상했던 바다. 허나 직접 눈으로 본 그녀의 무위는 자신의 예측을 훨씬 뛰어넘었다.

상상을 웃도는 실력에 놀란 천무진이 그녀의 다음 움직임에 더욱 집중하는 그때였다.

백아린이 쓰러진 상대를 내려다보며 말했다.

"아, 미안. 약해 보여서 힘 조절을 좀 한다고 했는데 그것도 못 버틸 줄은 몰랐네. 그런데 어쩌지? 이것보다 약하

게는 좀 힘들 거 같은데. 너희 같이 대놓고 나쁜 놈들은 못
봐주는 편이라."

백아린이 뽑아 든 대검을 가볍게 움직였다.

사람보다 큰 대검이 마치 수수깡처럼 허공에서 이리저리
꿈틀댔다.

부웅— 붕.

그녀의 대검이 바람을 가르는 소리가 마치 지옥에서 올
라온 악귀의 울음소리처럼 들려왔다.

대검을 이리저리 움직이며 몸을 풀던 그녀가 자세를 잡
으며 천천히 말을 이었다.

"그러니까 각오해. 이제부터…… 한 놈씩 머리통을 박살
내 줄게."

5장. 최후의 패
— 입 조심해

　남쪽으로 향하는 도중 만난 녹림도들을 아무렇지 않게 제압한 지 얼추 하루 정도가 지났을 무렵이었다.

　겁을 집어먹은 마부가 더는 못 가겠다고 하소연을 해 대는 바람에 일행은 결국 예정에 없던 마을에 들러야만 했다.

　그곳에서 새로운 마부를 기다리던 그때 천무진은 품 안에 가지고 있던 지도를 펼쳐 지금 자신의 위치를 대략적으로 확인하고 있었다.

　그리고 이내 지도를 품 안으로 다시 갈무리한 그가 입을 열었다.

　"우리 이만 갈라지지."

"컥컥!"

배고프다며 막 사 온 커다란 고기 꼬치를 입 안에 욱여 넣던 한천이 사레가 들렸는지 거칠게 기침을 토해 댔다. 목을 축이고 있던 백아린 또한 놀란 얼굴로 천무진을 바라 봤다.

갑작스레 갈라지자니?

천룡성과의 인연을 이어 가기 위해 어떻게든 따라붙어 이곳 운남까지 함께한 자신들이 아니었던가.

그런 그들의 반응에 천무진이 눈을 치켜뜨며 물었다.

"왜들 그래?"

백아린이 당황스럽다는 듯 물었다.

"저희한테 뭐 맘에 안 드시는 거라도 있으세요?"

"아니. 정보를 제때 못 받은 게 조금 마음에 안 들긴 하지만 그건 이미 넘어가기로 한 문제니 그걸로 뒤끝 있게 굴 생각은 없는데."

"그런데 왜 저희랑 갑자기 끝내실 생각이신가요."

"끝내? 무슨 소리야 그게. 아직 그쪽한테 정보 하나 못 받았는데 끝낼 이유가 어디 있어. 이대로 헤어지면 나만 손해지."

"아니 방금 전에 갈라지자고······."

백아린이 억울하다는 듯 말을 받을 때였다.

천무진이 답했다.

"내가 만날 사람이 있다 했잖아. 그리고 당신들 쪽에서 준비한 정보도 받아야 하고. 근데 지도를 보니 나눠져서 움직이는 게 더 나을 것 같아서."

백아린이 정보를 받기로 한 마을과 천무진이 누군가와 만나기로 연락을 취한 곳은 조금 거리가 있었다. 그랬기에 천무진은 아예 따로 움직이자 제안한 것이다.

그가 말했다.

"삼 일 후에 이 마을에서 다시 만나도록 하지."

천무진의 말이 무슨 뜻인지는 잘 알았다.

그렇지만 왠지 그와 따로 움직인다는 게 석연치 않았는지 백아린은 선뜻 대답하지 않고 미적거렸다.

그녀가 무슨 걱정을 하고 있는지 알기에 천무진은 확실히 자신의 생각을 전했다.

"말했잖아. 아직 나한텐 당신들이 필요하다고. 그러니 연락 끊길 일은 절대 없을 거야."

천무진의 말은 허언이 아니었다.

그에게는 적화신루가 필요했고, 또 어제 있었던 녹림도와의 싸움 이후 그 생각은 더욱 굳어졌다.

이 백아린이라는 여인, 처음 생각보다 훨씬 더 쓸모가 있어 보였다.

"휴우, 알겠어요. 그렇게까지 말하시는데 억지로 쫓아가 겠다고 들러붙긴 힘들겠네요."

백아린 또한 어쩔 수 없는 상황이라는 걸 이해했기에 담 담히 받아들이기로 했다. 천무진의 말대로 적화신루가 그 에게 필요한 이상 자신들의 연은 끊어지지 않을 테니까.

그녀의 대답을 듣고 나서 천무진은 자리에서 일어났다.

"그럼 난 먼저 가지. 말한 것처럼 삼 일 후에 저쪽 길목 끝에 있는 객잔에서 보자고."

"네, 그럼 그때 봬요."

백아린과의 대화를 마친 그가 곧바로 앞에 놓여 있는 말 들 중 하나에 올라탔다.

"이랴!"

다음 약속까지는 아직 시간적 여유가 있었지만, 그는 머 뭇거리지 않고 목적지를 향해 말 머리를 돌렸다.

*　　*　　*

둘과 헤어져 홀로 움직인 천무진은 어제저녁 지금 머물 고 있는 마을에 도착했다.

그는 곧바로 객잔을 찾아와 하루를 보냈고, 지금까지 방 에서 나오지도 않고 혼자만의 시간을 가지는 중이었다.

전생에서 정신을 조종당한 탓에 기억나는 사건들이 별로 없었지만, 최대한 많은 걸 떠올리기 위해 애썼다. 그중에 무엇이 자신의 운명을 바꾸는 데 도움이 될지는 알 수 없는 노릇이니까.

미래를 안다는 건 참으로 매력적인 일이다.

자신에게 닥칠 안 좋은 일을 피할 수도, 그걸 이용할 수도 있으니까.

허나 아쉽게도 천무진에겐 그 미래에 대한 정보가 너무 적었다.

자신이 직접 개입했거나, 너무 유명해서 가만히 있어도 알 수밖에 없었던 몇몇 사건들, 그게 천무진이 기억하는 전부였다.

혹시 잊고 있을 뭔가를 찾기 위해 긴 고민을 했지만, 조종을 당한 탓에 기억의 많은 부분이 비어 있다는 느낌만 들 뿐이었다.

긴 시간을 방에만 있던 천무진은 창 너머로 해가 서서히 모습을 감추는 걸 확인하고는 이내 방을 나와 일 층으로 걸어 내려왔다.

객잔의 한쪽에 자리를 잡은 천무진은 저녁거리와 차를 한 잔 주문하고는 조용히 시간을 보내고 있었다.

곧 이곳을 찾아올 그 누군가를 기다리며.

오늘 이곳에서 만나려고 하는 상대는 천무진에게 최후의 패가 되어 줄 자였다.

천무진은 지금 자신에게 닥쳐올 미래를 바꾸기 위해 이런저런 대책을 강구하고 있었다.

스스로 더욱 강해질 것이고, 자신을 찾아올 그들의 정체를 먼저 알아내 다시금 더러운 수를 쓰기 전에 박살을 내 버릴 계획이었다.

허나 이 모든 건 자신의 계획대로 일이 잘 풀렸을 때의 이야기다.

만약에, 아주 만약에…… 이렇게 모든 준비를 했음에도 불구하고 자신이 당한다면?

다시금 그때와 같은 삶을 살아가는 일이 벌어지게 된다면?

상상조차 하기 싫을 만큼 끔찍한 일이었지만 결코 그 가능성을 배제할 순 없었다.

결국 천무진은 최악의 경우까지 염두에 두어야 했다.

그들의 손에 빠진 자신을 어떻게든 구출해 낼 정도의 능력을 지닌 자.

그리고 혹여 구해 내는 것이 불가능하다면…… 살인 병기가 되어 있을 자신을 죽여 줄 수 있는 능력을 가진 인물.

사실 이 모든 걸 해낼 수 있는 최적의 적임자는 무척이나 가까이 있었다.

그건 바로 사부였다.

가장 믿을 수 있고, 천하에서 가장 강한 무인이었으니까.

진정한 천룡성의 주인.

그럼에도 불구하고 천무진은 사부를 선택할 수가 없었다.

그건 죽기 전 삶에서의 경험 때문이다.

그녀에게 조종당하던 그 당시 천무진은 두 차례 사부를 만났었다. 그리고 이유는 알 수 없지만, 그 당시 사부는 천무진을 구해 내지 못했었다.

분명 사부였다면 자신이 이상하다는 걸 알았을 터.

사부가 왜 두 손 놓고 보고만 있었는지 이유를 알 방도가 없는 지금, 그때도 아무런 것도 하지 못한 사부에게 도박을 걸 순 없었다.

정체불명의 적과 싸워야 하는 천무진에겐 그들을 공격할 창과 막아 줄 방패가 필요했다.

그리고 그가 선택한 창이 적화신루였다면 방패가 되어 줄 그 적임자는…….

쾅!

객잔의 커다란 문이 떨어져 나갈 듯이 흔들렸다. 그리고 그 틈을 통해 한 사내가 거칠게 모습을 드러내고 있었다.

젊은 사내, 그의 두 눈에서 터져 나오는 야수와도 같은 강렬한 빛은 이자가 보통 사람이 아니라는 걸 말해 주는 듯 싶었다.

풀어헤친 머리는 길었고, 잘못 보면 여인이 아닌가 착각이 들 정도로 무척이나 곱상했다.

적당하게 균형 잡힌 몸에, 보통보다 조금 더 큰 키.

눈빛을 제외하고는 전체적으로 순해 보이는 인상이었는데, 그런 그의 분위기를 확 바꿔 주는 건 오른쪽 뺨에 있는 상처였다.

뺨부터 턱 근처까지 내려오는 상처는 제법 깊었다.

객잔 안에 들어선 그는 우습게도 곱상한 얼굴과는 전혀 어울리지 않게 거친 남성미를 마구 뿜어 대며 주변을 두리번거리고 있었다.

"어떤 새끼냐!"

욕설을 내뱉으며 버럭 소리치는 사내의 모습에 천무진은 고개를 절레절레 저었다.

'젊었을 적에도 저 성질머리는 여전했던 모양이군.'

변함없는 모습에 반가워해야 하는 건지 고민하는 사이, 그가 탁자 사이를 마구 헤집으며 주변에 있는 이들의 옷깃을 하나씩 움켜잡았다.

"너냐? 너야?"

"아, 아닙니다."

멱살을 잡힌 이가 놀란 듯 허둥댔다. 그러자 사내는 그를 밀치며 곧바로 옆에 있는 자들에게 똑같은 질문을 던지기 시작했다.

폭풍처럼 객잔 내부를 뒤집어 대는 그 정체불명 사내의 행동에 모두가 놀란 듯 시선을 내리깔았다.

그 상황에서 주변을 두리번거리던 그의 눈에 창가 근처에 앉아 있는 천무진이 잡혔다.

모두가 시선을 피하고 있는 이 와중에 여전히 꼿꼿이 고개를 치켜들고 있는 유일한 이였으니까.

사내가 성큼 천무진을 향해 다가왔다.

순식간에 천무진의 바로 옆에 도달한 사내가 양손으로 탁자를 소리 나게 짚었다.

쾅!

탁자를 양손으로 짚은 그가 천무진의 얼굴을 향해 비스듬히 자신의 고개를 들이밀었다.

"……너냐?"

숨결이 느껴질 정도로 지척의 거리, 길들여지지 않은 맹수의 난폭함이 절로 느껴지는 이 눈빛을 천무진은 너무도 잘 알고 있었다.

'오랜만이군. 아니, 이번 생에서는 처음이니 오랜만이라

는 말은 어울리지 않으려나.'

천무진이 슬쩍 의자에 몸을 기대며 여유 있게 대답했다.

"그럴걸?"

돌아오는 대답에 사내가 천무진을 위아래로 훑었다.

그가 입을 열었다.

"뭐야 이건. 새파란 애송이잖아. 정말 네놈이 천룡……."

사내의 입에서 천룡성이라는 이름이 나오려는 걸 눈치챈 천무진이 재빠르게 손을 움직였다.

타앙!

소리와 함께 손에 들려 있던 젓가락이 탁자에 박힌 채 부르르 떨었다.

천룡성이 움직이고 있다는 사실이 알려지지 않기를 바라는 천무진의 입장에서는 문파의 이름이 거론되는 걸 원치 않았다.

말을 막은 천무진이 입을 열었다.

"……입 함부로 놀리지 마. 그러다가 다치니까."

순간적으로 터져 나온 살기, 그걸 느낀 사내는 자신도 모르는 사이에 주춤하며 입을 닫고야 말았다. 허나 이내 그런 사실을 인지했는지 발을 높게 치켜들었다가 내리찍으며, 천무진의 바로 앞에 있는 탁자를 쪼개 버렸다.

쩌저적.

조각조각 난 탁자가 사방으로 튀어 올랐고, 천무진은 소매를 들어 올려 파편으로부터 얼굴을 보호했다.

천무진이 옷에 묻은 나무 파편을 툭툭 털어 낼 때였다.

탁자를 박살 낸 사내가 앉아 있는 천무진의 멱살을 움켜쥐었다.

"내 입, 내가 마음대로 놀린다는데 네가 어쩔 거냐?"

사내를 올려다보는 천무진의 입가에 미소가 걸렸다.

하지만 그 미소는 결코 기분이 좋다는 의미를 담고 있지 않았다. 오히려 잔뜩 짜증이 났다는 걸 보여 주는 듯한 미소.

천무진이 여전히 미소를 머금은 채로 입을 열었다.

"아무래도 넌…… 교육이 좀 필요할 것 같네."

말과 함께 천무진은 멱살을 움켜쥐고 있는 사내의 엄지와 검지 사이의 오목한 부분을 손가락으로 강하게 눌렀다.

"크윽."

생각지도 못한 천무진의 힘에 사내가 슬쩍 표정을 구길 때였다. 멱살을 반쯤 풀어내며 자리에서 일어난 천무진이 곧바로 사내의 손을 뿌리쳤다.

순식간에 둘 사이의 거리가 일 장 정도 벌어졌다.

사내가 아직까지 객잔 안에 남아 있는 이들을 향해 버럭 소리쳤다.

"다들 나가! 죽고 싶지 않으면."

그의 외침에 눈치를 보던 이들이 쏜살같이 바깥으로 뛰어나갔다.

순식간에 단둘만이 남게 된 객잔 안.

천무진은 가볍게 목과 주먹을 풀었다.

애초에 이 사내에게 서찰을 보낼 때부터 좋게 이야기로 끝낼 수 있을 거라는 생각은 눈곱만큼도 없었다.

강한 자가 아니면 절대 인정하지 않는 사내라는 사실은 저번 삶에서 충분히 겪어 봤으니까.

단신으로 마교마저 뒤집었던 자신이 최후까지 죽이지 못했던 사내.

훗날 사파를 대표하는 최고수가 될 타고난 싸움꾼.

그리고 이번 생에선…… 자신의 방패가 되어 줘야 할 최후의 패.

수많은 별호를 가졌지만 결국 사람들은 그를 이렇게 불렀었다.

권왕(拳王) 단엽(段曄)이라고.

예상대로 흘러간 상황에 천무진이 먼저 입을 열었다.

"대화로 풀 생각은 처음부터 없었지?"

"당연하지. 그걸 말이라고."

"사실 나도 알고 있었어. 너 같은 싸움 개가 그냥 순순히 내 말을 들을 리가 없지."

"그걸 알면서도 이렇게 찾아왔다는 건 애초에 나랑 붙을 각오를 하고 있었다는 거냐?"

"물론. 그리고 붙어서 박살을 내 줄 생각이고."

박살을 내 준다는 천무진의 말에 재미있다는 듯 이를 드러낼 정도로 크게 미소 지은 단엽이 양쪽 주먹에 쇠로 된 특이한 권갑을 착용했다.

철컥.

그의 양 주먹이 강하게 부닥쳤다.

쿵쿵!

맞닿는 주먹 사이로 권기(拳氣)가 연기처럼 흘러나왔다.

천무진이 짧게 말했다.

"준비됐으면 덤벼."

그런 그의 말에 단엽이 힘차게 걸음을 옮기며 받아쳤다.

"바라던 바다, 이 자식아!"

*　　*　　*

순식간에 거리를 좁히며 치고 들어온 단엽의 주먹이 천무진을 향해 날아들었다.

천무진은 치고 들어오는 그의 주먹을 검집으로 받아 냈다.

콰앙!

쇠로 된 권갑을 끼고 휘두른 단엽의 주먹은 파괴적이었다.

주변의 모든 것이 빨려 들어가는 것 같은 착각을 불러일으킬 정도의 강렬한 일격!

당연히 그 공격을 정면으로 받아 내는 검집은 박살이 나고, 천무진 또한 피를 뿌리며 날아가 처박혀야 정상이었지만……

휘리릭.

예상대로 천무진이 뒤로 날아가긴 했지만 그건 타격을 받았기 때문이 아니었다. 그리고 그러한 사실은 주먹을 휘두른 단엽이 누구보다 잘 알았다.

마치 실체가 없는 허공을 가른 것만 같은 느낌.

지금 천무진은 충격에 밀려난 게 아니다.

오히려 그 힘을 이용해 뒤편으로 몸을 움직인 것이다. 뒤편으로 밀려나던 천무진의 몸이 곧바로 객잔의 창문을 박살 내며 바깥으로 사라졌다.

단엽이 이를 갈며 부서진 창 쪽으로 몸을 던졌다.

"어딜 도망쳐!"

밖으로 나온 그는 반대편으로 달리고 있는 천무진을 발견하고는 버럭 소리쳤다.

천무진이 슬쩍 고개를 돌려 분하다는 듯 곧바로 자신을 뒤쫓는 단엽의 모습을 확인하고는 피식 웃었다.

단엽의 일격을 받는 순간부터 천무진은 지금의 이 모든 상황을 계획하고 있었다.

저 객잔은 둘이서 싸우기에는 너무도 좁았으니까.

'도망치긴. 네놈의 무식한 주먹과 그냥 싸우다간 이 마을이 박살이 날까 봐서다.'

어제 이 마을에 들어서며 이미 단엽과 싸울 만한 근처의 장소까지 봐 둔 천무진이다.

그리고 천무진은 단엽을 그곳으로 유인하고 있었다.

아주 잠깐의 시간을 내달렸지만 둘은 순식간에 마을에서 꽤나 먼 곳까지 이동했다. 두 사람 모두 뛰어난 무공을 지닌 이들답게 경공 실력 또한 보통이 아니었기 때문이다.

마침내 자신이 봐 뒀던 장소에 도착하자 천무진은 그제야 발을 멈췄다.

바짝 뒤를 쫓아오던 단엽 또한 걸음을 멈추고는 도발적인 언사를 날렸다.

"왜? 꽁지가 빠져라 도망쳐도 결국 잡힐 거라는 걸 안 모양이지? 용이 아니라 쥐새끼인가 본데."

천룡성을 비하하는 듯한 말에 천무진이 싸늘한 목소리로 경고했다.

"자꾸 까불지 마. 마음이 막 바뀌려고 하니까."

"뭔 마음?"

물어 오는 단엽을 향해 천무진이 웃으며 대답했다.

"적당하게 손만 봐 주고 길들이려 했는데, 자꾸 까부니까…… 죽이고 싶어지잖아."

웃는 얼굴로 내뱉는 그 말에서는 살기가 뚝뚝 떨어져 내렸다. 동시에 주변의 공기 또한 묘하게 차가워진다는 느낌이 들었다.

그런 그와 마주한 단엽의 입꼬리가 올라갔다.

언제나 그래 왔다.

쏟아져 나오는 강렬한 기운을 마주하는 이 순간 단엽은 자신이 살아 있음을 느낀다.

그가 나지막이 중얼거렸다.

"……이제야 재밌어지겠네."

"곧 그 생각이 쏙 사라질 거야. 기대해."

말을 마친 천무진이 검을 뽑아 들었다.

스르릉.

그저 가볍게 검을 뽑아 들었을 뿐이거늘 단엽은 그 모습만으로 상대의 실력을 가늠할 수 있었다.

그의 입꼬리가 흥분으로 씰룩였다.

'진짜 센 놈인데.'

천룡성의 인물이라는 말에 얼마나 기대를 해 왔던가. 그런데 상대가 자신과 비슷한 연배의 젊은 사내라는 걸 알고 큰 실망을 했다.

하지만 이제는 아니다.

오히려 자신과 동년배임에도 불구하고 이 같은 기운을 뿜어 대는 상대에게 관심이 가기 시작했다.

주먹을 꽉 쥔 채로 단엽이 입을 열었다.

"이름이 뭐냐?"

"싸우려다가 그건 왜?"

"혹시 내가 널 죽여 버리면 이젠 영영 이름도 모를 거 아냐. 그래도 이름 정도는 알아 두고 싶어서."

"천무진. 그게 내 이름이다."

말을 마친 천무진이 검을 든 자세를 고쳐 잡았다. 그리고는 이내 마주하고 있는 단엽을 향해 말을 이었다.

"똑똑히 기억해 둬. 네게 죽을 그 누군가의 이름이 아닌, 네 주인의 이름이니까."

"개소리하고 있네."

말과 함께 단엽의 몸 주변으로 기운이 뿜어져 나오기 시작했다. 그와 마주한 천무진 또한 검에 기를 불어넣었다.

쉼 없이 싸워 왔던 인생이다.

그렇지만 검을 쥐고 서 있는 지금 기분이 묘했다.

과거로 돌아온 후 누군가와 이렇게 실전을 벌이는 건 처음이었으니까.

거기에 상대가 훗날 권왕이 될 단엽이라니…… 실로 재미있지 않은가.

'이번으로 다섯 번째 싸움인가.'

과거의 삶에서 천무진은 단엽과 네 번을 싸웠다.

결과는 사전전승(四戰全勝).

단 한 번도 그에게 패하지 않았다.

허나 그 네 번의 대결 중 쉬웠던 적은 결단코 단 한 번도 없었다. 매번 그와 싸우고 나면 한동안 몸져누워 있어야 할 정도로 단엽은 천무진에게조차 어려운 적수였다.

지독한 싸움 귀신인 단엽은 패하고도 계속해서 천무진에게 도전해 왔다.

천하제일인이라는 그 호칭을 자신이 가지고 싶다는 이유에서였다.

사파 최고수만으로는 모자라다며 귀찮을 정도로 천무진에게 도전해 왔던 그다.

대홍련(大紅聯)의 련주이자, 사파를 일통하는 괴물 같은 사내.

천무진은 지금 그런 그의 젊은 시절과 마주하고 있는 것이다.

이번에도 먼저 달려든 쪽은 단엽이었다.

그가 땅을 박차며 몸을 날렸다. 움직이는 주먹에서 순식간에 권기가 쏟아져 나왔다.

콰콰쾅!

주변의 땅이 터져 나가는 것과 동시에 천무진과의 거리가 가까워졌다.

그의 주먹이 허공을 갈랐다.

쩌엉!

날아드는 주먹을 검으로 막아 낸 후, 두 사람의 간격이 더욱 좁혀졌다.

'내 간격이다!'

거리가 좁혀졌으니 검을 휘두르는 것보다는 주먹의 움직임이 더욱 용이한 상황. 기회라는 듯 단엽의 주먹이 빈틈을 노리며 치고 들어갔다.

쒜에엑!

주먹이 옆구리를 치고 들어가는 그 순간 천무진 또한 검을 쥔 손을 아래로 빠르게 움직였다.

카앙!

아래쪽으로 파고드는 주먹을 검의 손잡이로 쳐 낸 천무진은 곧바로 팔꿈치를 위쪽으로 움직였다.

주먹이 쳐 내려지며 순간 균형이 앞으로 쏠린 단엽의 얼굴로 천무진의 팔꿈치가 날아들었다. 놀란 단엽이 황급히 몸을 뒤로 젖혔고, 아슬아슬하게 팔꿈치가 스치고 지나갔다.

"큭!"

놀란 듯 고개를 치켜드는 그 순간 비어 있는 그의 가슴으로 천무진의 손바닥이 움직였다.

파앙!

가까스로 팔을 써 날아드는 공격을 받아 낸 단엽의 몸이 뒤로 밀려났다. 그의 입술이 밀려드는 고통으로 미묘하게 비틀렸다.

아까 멱살을 잡았던 손을 풀 때부터 느꼈던 건데 겉보기와 달리 힘이 보통이 아니다.

얼얼한 팔뚝을 슬쩍 내려다보는 단엽의 시선을 느낀 천무진이 말했다.

"뭐야. 벌써 겁먹은 거 같은데."

"그럴 리가. 막 잔뜩 달아오르고 있거든? 기다려. 박살을 내 줄 테니."

가볍게 손목을 푼 단엽은 천무진을 향해 재차 거리를 좁혀 왔다.

팍팍!

그의 주먹이 날아들자 천무진은 고개를 비틀며 연신 그

공격을 피해 냈다. 그냥 가벼운 주먹질로 보일 수도 있겠지만 피해 내는 입장에선 결코 그렇지 않았다.

부웅! 붕!

고개 옆으로 주먹이 스쳐 지나갈 때마다 허공이 찢어지는 소리가 터져 나온다.

일격 일격이 집채만 한 바위를 가루로 만들 정도의 힘이 담긴 공격. 결코 가볍게 볼 상황이 아니었다.

몇 번이고 휘둘러지던 주먹을 피해 내던 그때 고개를 막 스쳐 지나갔던 공격이 방향을 틀었다.

미세한 변화를 감지한 천무진이 그에 맞춰 반응했지만 권갑이 껴져 있는 주먹이 아슬아슬하게 어깨를 치고 지나가는 데 성공했다.

천무진이 움찔하며 움츠러드는 순간이었다.

추켜올려진 주먹이 강하게 아래로 향했다.

콰앙!

주먹이 휘둘러지는 방향을 따라 무지막지한 충격파가 터져 나왔다. 동시에 땅이 터져 나가며 주변으로 흙먼지가 피어올랐다.

하지만 이미 그 자리에 천무진은 없었다.

허공으로 솟구친 그의 검이 움직이고 있었다.

휘리릭!

재빠르게 움직이는 검이 흙먼지 속에 서 있는 단엽에게 다가갔다.

단엽 또한 가만있지 않고 천무진의 검을 권갑으로 받아 냈다.

카카카캉!

쇠끼리 긁히는 소리가 나며 천무진이 바닥에 착지했다. 하지만 공격은 거기서 끝이 아니었다. 재빠르게 발을 휘둘러 단엽을 한 걸음 뒤로 물러나게 하는 것과 동시에 팽이처럼 회전하기 시작한 것이다.

파라라락!

손에 들린 검이 무섭게 몰아쳤다.

단엽은 양손을 황급히 움직이며 연신 위아래로 변화무쌍하게 치고 들어오는 천무진의 공격을 받아야만 했다.

팡팡팡팡!

뒷걸음질 치던 단엽의 얼굴로 천무진의 발이 기습적으로 치고 들어갔다.

빠악!

정확하게 얼굴에 한 방 얻어맞은 단엽의 고개가 픽 돌아 가는 그 찰나였다. 주춤할 수도 있는 그 상황에서 단엽은 오히려 그 반동을 이용했다.

얼굴을 맞아서 몸이 비틀리는 상황에 도리어 그대로 몸

을 회전시킨 것이다.

한 바퀴 돌며 내뻗은 주먹이 곧바로 천무진을 향해 다가왔다.

순식간에 단엽의 생각을 읽고 방비를 한 천무진이었지만 그 파괴력은 상상 이상이었다. 검까지 이용해서 힘을 받아냈거늘, 그의 몸이 허공으로 붕 날아 뒤로 밀려 나갔다.

바닥에 착지하는 그 순간 기다렸다는 듯 멀찍이 서 있던 단엽의 주먹에서 권기가 터져 나왔다.

순식간에 날아든 권기를 피하기 위해 천무진은 허공으로 몸을 띄우며 회전했다. 아슬아슬하게 스치고 간 권기로 인해 옆구리 부분의 옷이 찢겨져 나감과 동시에, 피가 터져 나왔다.

허나 천무진도 그냥 당하고 있지만은 않았다.

회전하는 중 그의 손에 들린 검에서 검기가 터져 나온 것이다.

천무진의 재빠른 임기응변에 재차 달려들려던 단엽이 멈칫하며 빠르게 양손을 교차시켰다.

쾅!

황급히 막아 내긴 했지만 갈라지듯 퍼져 나간 검기로 인해 그의 어깻죽지가 베어져 나갔다.

단엽이 표정을 찡그리며 상처를 살피는 사이 천무진 또한 회전시켰던 몸을 일으켜 세웠다.

천무진은 불만스럽다는 듯 표정을 찡그리고 있는 단엽을 향해 입을 열었다.

"설마 이게 전부는 아니지?"

전생에서 단엽을 상대해 봤던 천무진이다.

그런 천무진이 상대의 실력을 모를 리가 없다. 그럼에도 불구하고 이 같은 말을 꺼내는 건, 단엽을 도발하기 위해서였다.

그리고 그 도발을 통해 그가 진짜 실력을 드러내는 것, 천무진은 그걸 원하고 있었다.

계속 이 정도 상태로 싸워 대다가는 싸움이 꽤나 길어질 것은 자명한 사실.

그랬기에 천무진은 함정을 파고 있는 것이다.

단 한 번에 단엽을 제압할 수 있는 상황이 올 수 있도록.

과거의 삶에 있었던 네 번의 싸움.

그 덕분에 천무진은 단엽의 무공을 어느 정도 꿰뚫고 있었다.

상대의 무공을 안다는 것, 그것은 종이 한 장 차이로도 생사를 오고 가는 무인들의 세계에서 승패에 너무도 큰 영향을 줄 수밖에 없었다.

천무진의 도발이 통해서일까, 아니면 단엽 또한 지금 같은 싸움이 답답해서였을까?

그가 대답했다.

"원한다면…… 제대로 보여 주지."

말을 마친 단엽의 권갑에 갑자기 붉은 기운이 맴돌기 시작했다. 그리고 그걸 본 천무진은 슬쩍 검을 고쳐 잡았다.

'먹혀들었군.'

천무진은 지금 그의 권갑에서 뿜어져 나오는 저 붉은 권기를 계속해서 기다려 왔다.

단엽이 오른 주먹을 들어 올렸다. 넘실거리는 권기가 사방으로 요동쳤다.

그리고 이내 아지랑이처럼 피어오르던 붉은 권기가 커다란 구체가 되어 주먹을 감싸 안았다.

이것은 단순한 권기가 아니다.

뜨거운 열기가 주변을 뒤덮었다.

동시에 모든 것들이 떨려 오기 시작했다.

쿠르르릉!

흙과 바람들이 미친 듯이 휘몰아치며 그 중심에 서 있는 단엽의 몸을 흔들었다.

쾅!

그가 강하게 땅에 버티고 섰다.

세상의 모든 걸 태울 것 같은 붉은 권기에 휩싸인 주먹을 눈앞으로 치켜든 그가 입을 열었다.

"어디 한번 받아 보라고. 전설의 무인."

말과 함께 단엽의 주먹이 앞으로 내뻗어졌다.

콰콰콰쾅!

땅이 박살이 나며 터져 나갔다.

동시에 수십 개의 권기가 천무진을 뒤덮어 오고 있었다.

그 권기가 지척으로 다가오는 걸 바라보는 천무진의 얼굴에 놀랍다는 듯 이채가 피어올랐다.

자신이 예상했던 것보다 훨씬 더 강한 힘이 느껴졌기 때문이다.

'벌써 열화신공(熱火神功)이 이 정도의 경지까지 올랐을 줄은 몰랐군. 하지만······.'

천무진이 검을 수평으로 세웠다.

그의 손에 들려 앞으로 쭉 뻗어진 검 끝에서 새하얀 빛이 스며 나오기 시작했다.

그 빛이 붉은 권기와 마주하는 그 순간.

찰나에 보이는 빈틈!

천무진의 눈이 번뜩였다.

'아직 멀었어.'

파앙!

허공에서 폭발하는 소리와 함께 밀려들던 불꽃이 일순 천무진의 주변으로 밀려 나갔다. 마치 그의 주변으로 범접

할 수 없는 무형의 힘이 있는 것처럼.

그 모습에 자신만만하게 바라보고 있던 단엽의 눈동자가 커졌을 때였다.

검 끝에서 쏘아졌던 기운이 그대로 단엽의 가슴에 틀어박혔다.

단 하나의 빛으로 보였지만 충격은 결코 한 번으로 끝나지 않았다.

그의 가슴에 쇠망치로 두드리는 듯한 충격이 연달아 퍼져 나갔다.

쿠쿠쿠쿵!

수십 번 가슴에 타격을 입은 그의 몸이 허공으로 붕 뜨더니 사정없이 뒤로 밀려 나갔다. 그리고 이내 단엽은 그대로 땅바닥을 데굴데굴 구르며 나가떨어졌다.

"쿨럭."

단엽은 드러누운 상태로 한 사발은 족히 될 법한 피를 토해 냈다. 그가 쓰러지자 주변을 뒤덮고 있던 열기가 확 하고 거짓말처럼 사라졌다.

천무진은 길게 숨을 내뱉었다.

하나의 점으로 쏘아져 나간 검기.

아주 간단한 공격 같았지만, 이 또한 보통의 무공이 아니었다. 천룡성에 내려오는 독문무공.

천룡비공(天龍飛功) 일점(一點).

지금 천무진이 쏘아 낸 그 하나의 공격이 완전치 못한 단엽의 열화신공을 찢어발기며 치명타를 가한 상황이다.

싸움이 시작되고 천무진은 줄곧 단엽이 열화신공을 사용하기를 기다려 왔었다. 이 무공의 특징을 이미 알고 있기 때문이다.

더군다나 과거와는 달리 아직 완성되지 않은 상황. 천무진의 능력 또한 예전에 비해 한참은 부족하다지만 열화신공이라는 무공과 셀 수도 없이 많이 부딪쳐 본 그의 입장에서는 질 수가 없는 격돌이었다.

천무진은 검을 내리며 입을 열었다.

"어이. 죽을 정도로 힘을 주지는 않았으니 몇 시진 정도만 있으면 움직일 수는 있을 거야. 그러니까 대화는 그때 일어나면 하지."

말을 마친 그가 검을 막 검집에 집어넣으려는 그때였다.

멀리서 느껴지는 움직임에 천무진이 놀란 듯 고개를 치켜들었다.

그리고 그곳에는 부들부들 떨리는 양팔로 몸을 일으켜 세우는 단엽이 있었다.

"크아아아!"

하늘을 향해 고개를 치켜든 그가 버럭 소리를 내질렀다.

입 주변은 방금 전 흘린 피로 엉망이었고, 억지로 버티고 선 다리는 후들거린다.

그렇지만 그의 눈동자는 여전히 맹수처럼 사납게 빛나고 있었다.

목숨을 건 싸움도 아닌 그저 대결인 상황임에도 불구하고 그의 투기는 꺼질 줄을 몰랐다.

열린 입 사이로 피를 잔뜩 쏟아 내면서도 눈을 부라리는 단엽의 모습에 천무진은 검을 넣으려던 손을 멈출 수밖에 없었다.

그가 주먹을 꽉 쥔 채로 소리쳤다.

"어이! 누구 마음대로 끝이냐. 아직…… 안 끝났다!"

고함과 함께 입가에 흐르는 피를 소매로 거칠게 닦아 내는 단엽의 모습에 천무진은 문득 과거의 삶에서 보았던 그의 모습이 떠올랐다.

권왕 단엽.

그렇다.

호랑이는 아무리 어리다고 해도 맹수다.

그렇게 쉽게 꺾일 상대가 아니라는 것이다.

그런 단엽의 투기에 반응이라도 하려는 듯이 천무진 또한 반쯤 넣었던 검을 다시금 뽑아냈다.

스르릉.

아까보다 더욱 진지해진 얼굴로 천무진이 입을 열었다.

"잠깐 잊고 있었네. 이 정도로…… 포기할 사내가 아니라는 걸."

6장. 단엽
— 당연히 나지

　무방비한 상태에서 정확하게 틀어박힌 공격에도 몸을 일
으켜 세운 단엽이었지만, 그의 상태가 좋을 리는 없었다.

　기혈이 들끓어 피까지 토해 낸 상황.

　그럼에도 불구하고 단엽의 눈동자만큼은 처음과 변함없
이, 아니 오히려 조금 전보다 더욱 강렬하게 빛나고 있었다.

　그의 두 주먹에 넘실거리는 붉은 기운이 점점 더 거세게
휘몰아치기 시작했다.

　방금 전에 펼쳤던 공격보다 더욱더 강렬한 열기가 주변
을 뒤덮어 간다. 그리고 천무진은 이 초식 또한 잘 알고 있
었다.

손에서 시작한 기운이 단엽의 전신을 뒤덮어 간다.

천무진이 슬쩍 눈살을 찌푸렸다.

'생각보다 더 귀찮게 됐는데.'

열화신공의 네 번째 초식, 열화무쌍(熱火無雙).

어쩌면 이번엔 아까처럼 아무런 피해 없이 제압하는 건 불가능할지도 모른다.

'각오를 좀 해야겠군.'

그나마 다행이라면 아직 단엽의 실력으론 열화무쌍의 파괴력이 완벽할 수 없을 거라는 점.

넘실거리는 붉은 기운이 단엽의 전신을 감싸며 휘몰아쳤다.

그가 말했다.

"어떻게 방금 전 내 공격을 그토록 쉽게 막았는지 모르겠지만…… 이번엔 다를 거다."

설령 이 초식의 정체를 몰랐다고 해도, 느껴지는 분위기 자체가 아까완 달랐다.

온몸의 털이 쭈뼛거리며 설 정도의 위압감.

단엽 주변에 퍼져 있는 풀들이 재가 되어 흩날린다.

둘 사이에는 제법 거리가 있었지만 그럼에도 불구하고 숨이 턱턱 막혀 올 정도의 열기가 느껴진다.

찢겨져 나간 옷 사이로 들어 올린 단엽의 팔뚝이 꿈틀거렸다.

힘줄이 치솟았고, 팔뚝은 터져 나갈 듯 팽창했다.

뒤로 슬그머니 검을 잡아당긴 천무진 또한 내력을 끌어 모으기 시작했다.

보통의 힘으론 받아 낼 수 없는 공격.

천무진의 검에 푸르스름한 기운이 커다란 형상을 만들며 치솟았다.

단엽이 전력을 다해 쏟아 내는 열화무쌍, 제아무리 이 무공 또한 알고 있다고는 하지만 어중간하게 대적했다가는 도리어 당할 수도 있다.

그랬기에 천무진 또한 스스로의 내력을 끌어올려 하나의 빛무리를 만들어 냈으니…… 검강이었다.

콰콰콰콰!

검을 집어삼킬 듯 솟구쳐 오르는 검강의 모습에 마주하고 있는 단엽의 표정 또한 묘한 흥분에 젖어 들었다.

저토록 젊은 나이에 이만큼 커다란 검강을 뿜어낼 수 있는 고수라니 실로 재미있지 않은가.

붉은 기운이 그의 손바닥 안으로 몰리며 이내 폭발을 일으켰다.

열화무쌍의 초식이었다.

쿠카카카캉!

두 개의 커다란 붉은 회오리가 기다렸다는 듯 천무진을 향해 날아들었다. 동시에 그 회오리가 지나가는 길의 모든 것들이 재가 되어 사라졌다.

날아드는 두 개의 불꽃 회오리.

천무진은 피하기는커녕 오히려 성큼 앞으로 걸음을 옮겼다.

그의 몸이 빠르게 정면으로 달려들었다.

열화무쌍. 두 개의 회오리가 하나가 되며 그 갑절 이상의 파괴력을 쏟아 내는 초식이다. 그냥 고스란히 정면으로 받아 냈다가는 천무진이라 해도 치명상을 피하긴 어려운 상황.

그렇지만 천무진은 열화무쌍이라는 초식의 힘을 반감시킬 방도를 알고 있었다.

그건 바로 두 개의 회오리가 겹치는 그곳을 파고드는 것이었다.

허나 그건 찰나의 기회였다.

그 순간을 놓친다면 그 두 개의 불꽃 회오리가 겹쳐지는 곳은 도리어 더욱 단단해지고, 약점이 아닌 절대 뚫을 수 없는 철벽이 되고 만다.

불꽃을 향해 몸을 던진 천무진은 빠르게 한 점을 향해 달려들고 있었다.

잠깐의 순간을 놓치지 않고 파고든다는 건 쉬운 일이 아니었다. 거기에 조금만 틀어져 버린다면 그 힘을 직격으로 받아야 하니 보통의 담을 가진 사람으로선 시도조차 할 수 없을 정도로 무모함에 가까운 행동이었다.

허나 그는 망설이지 않았다.

단 한 번의 머뭇거림조차 없이 불꽃 속으로 스스로 뛰어든 천무진이 검강에 휩싸여 있는 검을 강하게 움켜잡았다.

전신이 타들어 갈 것만 같은 열기.

그렇지만 눈동자는 한 곳을 놓치지 않고 응시했다.

그리고…….

싸아아아!

검강이 두 개의 힘이 하나로 합쳐지는 바로 그 공간을 절묘하게 파고들었다. 결국 열화무쌍의 초식은 순간적으로 그 힘이 반쪽짜리가 되며, 방향 또한 검강에 막혀 묘하게 비틀려 버렸다.

갈라져 버린 불꽃, 그리고 그 안에서 검강을 뿜어 대는 천무진의 모습이 거짓말처럼 나타났다.

그 모습에 단엽의 눈동자가 흔들렸다.

'이런……!'

뒤를 이어 밀려드는 열화무쌍의 기운과 천무진의 검강이 그 상태로 충돌했다.

반쪽짜리의 열화무쌍과 검강의 충돌로 인해 생겨난 후폭풍!

일순 주변의 모든 것들이 일그러졌다.

아주 잠깐의 정적, 그리고 이어지는 커다란 폭발.

쿠우우웅! 쾅쾅!

소리와 함께 모든 것들이 빛에 휩싸였다. 그리고 연달아 터져 나가는 굉음과 함께 주변에 있는 많은 것들이 박살이 나 사방으로 밀려 나갔다.

긴 폭음이 연달아 터져 나온 지 얼마 되지 않아 찾아든 고요함.

하지만 그 충격의 여파가 가시지 않았는지 주변은 잔 떨림과 하늘 높이 치솟은 흙먼지가 여전히 남은 상태였다.

바로 그때였다.

터벅터벅.

흙먼지 속에서 누군가의 발걸음 소리가 들려왔다.

그리고 이내 풀풀 풍겨 오르는 흙먼지 사이에서 천천히 모습을 드러낸 한 사람.

피투성이의 얼굴로 걸어 나온 이는 다름 아닌 천무진이었다. 그리고 점점 전신의 모습을 드러내는 그의 손에는 또 다른 이가 자리하고 있었다.

마찬가지로 피투성이인 단엽이 천무진의 손에 이끌려 폭

발의 현장에서 빠져나오고 있는 것이다.

천무진과는 달리 그는 혼절해 있었고, 그 때문에 천무진은 단엽의 목 부분 옷깃을 움켜쥔 채로 질질 끌고 나오는 상황이었다.

울퉁불퉁하게 변해 버린 싸움터를 조금 벗어난 천무진은 이내 기대어 쉴 만한 나무에 도착할 수 있었다. 그때까지도 단엽을 질질 끌고 걷던 천무진은 그를 바닥에 내팽개치고는 곧바로 나무에 몸을 기대어 앉았다.

"하아."

피가 흘러내리는 얼굴을 손등으로 가볍게 닦아 낸 천무진의 시선이 기절해 있는 단엽에게로 향했다.

천무진은 혼절해 있는 그의 어깨를 불만스럽게 발로 툭 치고는 힘겹게 입을 열었다.

"……망할 자식, 사람 힘들게 만드는군."

약 한 시진 가까운 시간이 지났을 무렵.

꿈틀.

바닥에 널브러져 있던 단엽의 손가락이 미세하게 움직이기 시작했다. 그리고 그로부터 얼마 되지 않아 단엽은 힘겹게 눈을 치켜떴다.

몸을 움직이려 했지만, 생각보다 쉽지 않았다.

구석구석 안 아픈 곳을 찾기 어려울 정도로 온몸이 쑤셨다.

순간적으로 지금이 어떤 상황인지 정신을 차리지 못하겠는지 단엽은 드러누운 상태로 힘겹게 고개만 들어 올렸다.

그리고 이내 그의 시선에 나무에 기대어 앉은 채로 눈을 감고 있는 천무진이 들어왔다.

천무진을 보고서야 혼절하기 전 있었던 일들을 모두 기억해 낸 단엽이 힘겹게 상체의 절반 정도를 일으켜 세웠을 때였다.

여전히 눈을 감고 있는 천무진이 입을 열었다.

"일어났군."

들려오는 목소리에 단엽이 움찔했다.

이렇게 쓰러져 있었다는 사실이 못내 부끄러웠는지 그가 괜스레 말을 돌렸다.

"내가 얼마나 잔 거지?"

"자긴, 말은 정확하게 하지그래? 잔 게 아니라 기절한 거지."

"큭!"

분하다는 듯 짧게 숨을 들이켰지만 단엽은 그 말에 반박할 수가 없었다.

인정하지 않으려고 해도 차마 그럴 수 없을 정도로 깨끗하게 져 버렸으니까. 이 정도로 완벽하게 패해 버리니 핑계를 내뱉을 엄두조차 나지 않는다.

결국 단엽은 두 손을 번쩍 들며 그냥 바닥에 벌렁 누워 버렸다.

그가 소리쳤다.

"젠장, 그래. 졌다, 내가 졌어."

분하다는 듯 소리를 내지르는 단엽의 목소리에 천무진이 그제야 눈을 떴다.

"그럼 슬슬 이야기를 좀 해도 되겠군. 서찰은 확인했을 테니 내가 왜 찾아왔는지는 알지?"

"봤지. 그런데 대체 그게 뭔 내용이야? 내가 필요하다니? 나한테서 뭐가 필요한데?"

"말 그대로야. 네가 내 수족이 되어 움직여 줘야겠어."

천무진은 정확히 말하지 않았다.

아니, 그럴 수가 없다고 해야 맞는 말일 게다.

죽었다가 다시 과거로 돌아왔고, 혹시 모를 그날을 대비해서 자신을 구하게 하기 위해 널 선택을 했다는 말을 어찌할 수 있으랴.

단엽이 기가 차다는 듯 말했다.

"그 말을 내가 들어줄 거라고 생각해?"

"물론. 애초에 따를 생각이 없었다면 서찰을 보고도 나오지 않았을 거잖아?"

"······."

천무진의 말에 단엽은 대답을 하지 못했다.

그의 말이 맞았으니까.

다른 이들도 아닌 천룡성의 연락이었다.

단엽은 궁금했다.

천룡성의 인물이 얼마나 강한지, 그리고 그들이 왜 세상에 다시금 나타났는지도 말이다.

천룡성이 나타났다는 말은 무언가 큰일이 벌어지고 있거나, 벌어질 징조라는 것인데 그러한 사실이 단엽을 흥분하게 만들었다.

단엽이 물었다.

"널 따라서 나한테 이득이 뭔데?"

그런 그의 질문에 기다렸다는 듯 천무진이 답했다.

"강해지게 해 주지. 그리고 강한 놈들과 무진장 싸워야할 거야."

"강한 놈들과 무진장 싸운다고? 그건 좀 구미가 당기는데."

맘에 든다는 듯 단엽이 자리에 누운 채로 히죽 웃었다.

천무진이 입을 열었다.

"그래서 네 대답은? 따를 거야 말 거야?"

애초에 자신의 서찰을 받고 나왔을 때부터 답은 나와 있다 생각했지만, 천무진은 확실히 물었다.

그리고 예상대로 단엽은 고민조차 하지 않고 답했다.

"좋아. 천도의 맹약도 있고, 나 또한 흥미가 좀 생겼거든. 네 옆에 있으면 진짜 강한 놈들과 신나게 싸워 볼 수도 있을 것 같고 말이야."

승낙이 떨어지자 천무진이 기다렸다는 듯이 말했다.

"한배를 타기로 했으면 이제부터는 날 부르는 호칭을 좀 바꿨으면 좋겠는데."

"왜?"

"내 수족이 될 상대한테 너나, 야라는 소리 별로 듣고 싶지 않아서."

"그럼 뭐라고 해 줄까? 천 씨?"

"아니. 주인님이라고 불러."

"뭐야? 너 미쳤냐?"

여전히 누운 채로 눈을 부라리는 단엽을 향해 천무진이 말을 받았다.

"졌잖아. 그럼 고분고분하게 말을 들어야지? 강한 자의 말이 법이다. 그게 네 좌우명 아니었던가?"

"그, 그걸 네가 어떻게 아냐?"

"글쎄. 아무튼 한 입으로 두말하는 것은 사내답지 못한 행동일 텐데."

천무진의 말에 단엽은 안절부절못하는 표정을 지어 보였다.

손톱을 깨물며 그가 낮은 소리를 토해 냈다.

"끄응."

사내답지 못하다는 말을 가장 싫어하는 단엽이다.

그랬기에 더더욱 천무진의 말에 어쩌질 못하고 있는 그였다. 수하들에게 항상 그리 떠들어 대고는 막상 자신이 지키지 않는다는 건 천무진의 말대로 사내답지 않다는 생각이 들었으니까.

단엽이 결국 두 눈을 꽉 감고 소리쳤다.

"젠장, 나중에 널 꺾으면 그때는 반대로 나한테 주인님이라고 불러야 할 테니, 각오 단단히 하라고."

지지 않겠다는 듯 자신을 노려보는 단엽의 시선에 천무진이 어깨를 으쓱하며 말을 받았다.

"그럴 수만 있다면 얼마든지. 도전은…… 언제든 받아 줄 테니까."

"언제든 받아준다는 그 말 반드시 후회하게 해 주지."

기회만 나면 언제든 다시 도전을 해서 이 굴욕을 씻고야 말겠다는 듯 단엽이 이를 갈았다.

분한 표정을 지으며 누워 있던 그가 이내 입을 열었다.

"주인이라고 부르기 전에 하나만 묻자."

"물어."

"……왜 나냐?"

단엽은 분명 강했다.

비슷한 나이 대에는 적수를 찾기 어려울 테고, 중원을 통틀어도 엄청난 고수 중 하나다. 하지만 천룡성이라는 전설의 문파라면 더 강한 고수의 도움을 받을 수도 있는 상황.

그런데도 불구하고 굳이 자신을 찾아온 연유를 모르겠다.

그랬기에 궁금했다.

왜 자신이어야 하는지.

단엽의 질문에 잠시 침묵하던 천무진이 이내 대답했다.

"네가 무림에서 두 번째로 강한 자가 될 거라는 확신이 있으니까."

두 번째로 강한 자가 될 거라는 확신이 있다는 말에 단엽이 몸을 벌떡 일으켰다. 밀려드는 고통에 표정을 구기면서도 단엽은 불만을 터트렸다.

"뭐야. 첫 번째면 첫 번째지, 왜 재수 없게 두 번째야."

아픈 와중에도 두 번째는 마음에 안 든다는 듯이 따지고 드는 단엽의 모습은, 그가 얼마나 투지 넘치는 사내인지를 말해 주고 있었다.

그런 단엽을 향해 천무진이 말했다.

"일인자가 될 사람은 따로 있거든."

"그게 누군데?"

"누구긴."

천무진이 손가락으로 자신을 가리키며 자신만만한 얼굴로 답했다.

"당연히…… 나지."

* * *

영춘객잔.

백아린과 한천은 천무진과 만나기로 한 객잔에서 어제부터 자리하고 있었다. 언제 도착할지 모를 그를 기다리던 한천은 지루하다는 듯이 긴 하품을 했다.

의자에 걸터앉아 있던 그가 어깨를 벅벅 긁으며 물었다.

"그대로 튄 건 아닐까요?"

"그럴 리가 없잖아."

백아린이 탁자에 가득 쌓여 있는 서류 뭉치 중 일부를 쥐고 흔들며 말을 이었다.

"이게 여기 있는 한 그는 반드시 와."

탁자를 한가득 채울 정도로 많은 양의 서류들은 다름 아닌 천무진이 부탁했던 양휴에 대한 정보들이었다. 그의 어린 시절부터 해서 알아낼 수 있는 모든 건 긁어모았다고 해도 과언이 아니다.

그저 가볍게 훑어보는 것만으로도 하루 이상은 걸릴 정도의 양.

양휴에 대한 이 많은 서류들을 백아린은 밤을 꼬박 새우며 확인했다. 천무진이 직접 보겠지만 그녀 또한 미리 한번 그 내용을 살펴본 것이었다.

오랜 시간 정보 집단에 몸담고 있었던 것만큼 보는 눈이 보통 사람과는 남다른 부분이 있다 자부하기 때문이다.

백아린은 다 확인한 서류 중 일부는 따로 또 추려 놓았다.

직접 보고 뭔가 중요할 것 같은 건 재차 분류를 해 놓은 것이다.

분류한 서류에 다시 시선을 돌린 채 집중하는 그녀를 보며 한천이 대단하다는 듯이 물었다.

"허허, 어떻게 그리 하루 종일 종이 뭉치를 붙잡고 계실 수 있으십니까? 전 머리가 아파서 도저히 못 하겠던데."

"지금 그게 적화신루 부총관이 할 말이야? 우리한테 들어올 의뢰들이 우수수 떨어지는 소리가 벌써부터 귓가에 맴도는데."

"걱정 마십쇼. 유능하신 우리 사총관님이 계신데요, 뭘. 설령 신루가 망해도 저 하나 못 먹여 살리시겠습니까?"

"누가 누굴 먹여 살려."

"당연히 대장인 분이 부하인 저를……."

스르릉.

갑자기 대검에 손을 가져다 대며 슬쩍 뽑아내는 백아린의 모습에 기겁을 한 한천이 손사래를 쳤다.

"취소요. 취소하겠습니다. 제가 미친 듯 일해서 대장을 먹여 살려야죠, 하하."

"그만 떠들고 부총관도 이것 좀 확인해 봐. 뭐 특이한 거 있으면 따로 빼 두고."

"어휴."

쌓여 있는 서류를 들이밀자 한천은 한숨을 내쉬었다. 하지만 이내 백아린이 고개를 치켜들고 자신을 노려보자 언제 그랬냐는 듯이 급히 서류를 들어 올렸다.

그가 서둘러 말했다.

"합니다, 지금 해요."

말과 함께 한천은 서둘러 서류에 시선을 고정시켰다. 그런 그를 잠시 바라보던 백아린 또한 이내 자신이 확인하던 내용을 재차 살폈다.

그렇게 약 반 시진 가까운 시간이 흘렀을 무렵.

지겹다는 듯 몸을 배배 꼬고 있던 한천의 귓가에 발걸음 소리가 들렸다. 손님이 그리 많지 않았기에 자연스레 기대가득한 표정으로 문 쪽을 바라보고 있던 상황.

그런 그의 바람이 이루어졌는지 발걸음 소리가 문 앞에 이르러 멈췄다.

그리고 굳게 닫혀 있던 문이 열리며 천무진이 모습을 드러냈다.

뚫어져라 문 쪽을 응시하던 한천이 기다렸다는 듯 자리를 박차고 일어났다.

"하하하! 오셨습니까, 천 소협. 목이 빠져라 기다렸습니다."

격하게 환영하는 한천의 모습에 천무진이 슬쩍 옆으로 비켜서며 의아한 표정을 지어 보였다.

"왜 그래?"

"왜긴요. 반가워서 그럽니다. 그런데……."

말을 하던 한천이 슬쩍 천무진의 상태를 확인했다.

처음 모습을 드러낼 때부터 눈치챘지만 헤어질 때와는 무언가 많이 변한 상황이었다.

가렸다고는 하지만 몸 곳곳에 다친 흔적이 역력하다.

그때 뒤편에 있던 백아린이 놀란 듯 눈을 동그랗게 뜨고는 자리에서 일어났다.

그녀가 황급히 다가오며 물었다.

"다쳤어요?"

"조금?"

"어쩌다가요?"

"겨우 이 정도로 뭔 호들갑이야. 그냥 좀 긁혔어."

천무진은 자신을 바라보는 백아린의 시선에 슬쩍 한 발을 뒤로 빼며 대수롭지 않다는 듯 말했다. 그녀가 고개를 저으며 중얼거렸다.

"겨우 긁힌 정도는 아닌 거 같은데……."

중얼거리던 그녀의 시선이 천천히 천무진의 뒤편으로 향했다. 그리고 그곳에는 불만스러운 얼굴을 하고 있는 사내 하나가 자리하고 있었다. 마찬가지로 다친 흔적이 역력해 보이는 사내, 단엽이 말이다.

백아린은 단번에 알아차렸다.

"이 상처 그쪽이 낸 거죠?"

"그런데 뭐? 난 안 보여? 나야말로 된통 당했거든?"

짜증 난다는 듯 받아치는 단엽의 모습에 백아린은 표정을 찡그렸다.

그녀가 곧바로 대답했다.

"나이 차도 별로 안 나는 거 같은데 어디서 반말이야. 성낼 거면 사람 잘못 골랐어."

"뭐야?"

눈을 부라리며 단엽이 앞으로 나서려고 할 때였다.

천무진이 자신을 스쳐 지나가려는 단엽을 손을 뻗어 막아섰다.

그가 짧게 말했다.

"시끄러워."

"치잇."

그 한 마디에 단엽은 입술을 깨물었다.

이미 천무진을 따르기로 약속을 한 이상 불만까지 감추지는 못한다고 해도, 결국 명령은 착실하게 받아들이는 단엽이다.

그를 막아 낸 천무진이 이내 앞에서 덤빌 거면 해 보라는 듯 자세를 잡고 있는 백아린을 향해 말을 이어 나갔다.

"그쪽도 그만해. 해야 할 일도 있는데 쓸데없는 다툼으로 시간 잡아먹고 싶진 않으니까."

"그러죠."

곧바로 고개를 끄덕이는 백아린의 모습에 단엽이 천무진을 가리키며 말했다.

"아니 이 자식도……."

단엽은 곧 자신의 말실수를 느꼈는지 재빠르게 말을 바꿨다.

"주인도 반말을 하는데 왜 나한테만 난리야?"

천무진에게 주인이라 말하는 단엽의 모습에 의문이 들긴

했지만 그건 나중 문제였다.

백아린은 곧바로 답했다.

"이분은 의뢰인이고, 그쪽은 그냥 모르는 사람이잖아. 입 함부로 놀리고 싶으면 의뢰라도 하시든가. 물론 받아 줄 지는 내가 정하겠지만."

단엽이 뭐라 하기 힘들 정도로 받아쳐 버리고 자리로 돌아가 앉는 그녀를 보며 단엽은 기가 막힌다는 듯 헛웃음을 흘렸다.

그런 단엽의 옆으로 다가간 한천이 웃는 얼굴로 그의 어깨를 두드렸다.

"저희 총관님이 한 성격 하시죠?"

"왜 갑자기 친한 척이야?"

단엽은 모르는 사람이 자신의 어깨를 두드리자 팍 인상을 구기며 손을 밀쳐 냈다.

그런 단엽의 행동에도 여전히 미소를 잃지 않은 한천이 초승달처럼 휘어진 웃음기 가득한 눈으로 단엽을 지그시 응시하며 말을 이어 나갔다.

"그런데…… 틀린 말씀을 하시는 분은 아니라서요."

"뭐?"

한천이 다시금 손으로 그의 구겨진 옷매무새를 다잡아 주고는 씩 웃어 보였다.

짧게 눈인사를 하며 한천이 말했다.

"그럼 저도 일을 해야 해서 이만."

말을 끝낸 그가 천무진과 함께 먼저 가서 기다리고 있는 백아린에게 다가갔다.

폭풍처럼 한 방씩 먹이고 멀어져 버린 둘을 바라보던 단엽이 어처구니없다는 듯 머리카락을 쓸어 올렸다.

자신이 누구던가.

어디 가서 당하고 있는 건 적성에 안 맞았다.

그가 못 참겠다는 듯 입을 열었다.

"너희들 미리 경고하는데 잘 들어. 나 나쁜 놈이야. 엄청나게 나쁜 놈이라고. 알아?"

"너 나쁜 놈인 거 알겠으니 조용히 좀 해. 시끄러우니까."

백아린이 슬쩍 바라보며 받아쳤다.

그런 그녀의 행동에 단엽이 막 폭발할 것처럼 주먹을 움켜쥐는 바로 그때였다.

툭.

아래로 내린 백아린의 소매에서 노란 옥수수 알갱이가 떨어졌고, 이내 그 뒤를 따라 다람쥐 하나가 모습을 드러냈다.

떨어진 알갱이를 줍기 위해 치치가 소매에서 잠시 빠져나온 것이다.

재빠르게 옥수수 알갱이를 쥔 치치가 뺏기지 않으려는 듯 입가에 그것을 밀어 넣었다.

반 정도 남은 옥수수 알갱이를 쥔 채로 오물거리는 치치를 발견하는 그 순간, 움직이는 것도 멈춘 단엽의 입가가 씰룩였다.

물끄러미 치치를 바라보는 단엽의 눈동자가 흔들렸다. 그가 마른침을 꿀꺽 삼켰다.

그런 단엽의 시선을 느껴서일까?

옥수수 알갱이를 먹으며 치치가 그에게로 시선을 돌렸다. 단엽이 바닥에서 자신을 올려다보고 있는 치치에게서 시선을 떼지 못하며 중얼거렸다.

"이 녀석…… 치명적인데."

*   *   *

방해가 되는 단엽과 한천을 내보내 버리자 방 안에는 천무진과 백아린 단둘만이 자리하게 되었다. 그녀는 고개를 절레절레 저었다.

시비를 걸며 길길이 날뛸 때는 언제고 갑자기 치치를 보자마자 넋 빠진 사람처럼 실실거리며 웃어 대던 단엽의 행동 때문이다.

어쩔 줄 몰라 하며 구경을 해 대는 통에 백아린은 방해가 된다며 두 사람을 거의 쫓아내다시피 했다.

방금 그 사내가 누군지 묻고 싶었지만, 그보다 천무진의 질문이 빨랐다.

"휴우, 어마어마하군. 이게 다 양휴에 대한 정보야?"

"네, 구할 수 있는 정보란 정보는 싹 긁어모은 걸로 알고 있어요. 그래서 사실 필요 없는 자료들도 꽤 많지만, 혹시 몰라서 모두 다 챙겨 왔어요."

"고생했어. 그래도 믿고 맡긴 보람이 있네."

사실 이 안에 자신이 찾는 뭔가가 있을지, 그리고 그걸 찾아낼 수 있을지 자신할 순 없었지만…….

적어도 이토록 짧은 시간 안에 이 많은 정보를 구해 온 적화신루의 능력이 자신의 기대만큼은 되는 것 같아 천무진은 그것만으로도 만족스러웠다.

천무진이 앞에 놓여 있는 서류 뭉치 중 하나를 꺼내어 들 때였다.

그녀가 말했다.

"아, 그리고 미리 말씀을 드려야 할 거 같은데 제가 미리 정보를 한번 대충 확인해 봤어요. 혹시나 뭔가 단서를 발견할 수 있지 않을까 싶어서요."

"이 많은 걸 전부?"

"네, 죽어라 보니까 끝나긴 하더라고요. 보고 대충 분류를 해 두긴 했는데…… 저기 탁자 구석에 쌓여 있는 것들이 그나마 뭔가 주의 깊게 봐야 할 것들이고 나머지는 정말 사소한 정보들이에요. 물론 사소하다는 건 당장의 제 판단이니 그냥 넘기라는 건 아니고요."

천무진이 찾고 있는 것이 무엇인지 모르는 상황이었기에 백아린은 작은 정보라도 그냥 넘기지 말라 당부했다.

그녀가 말을 이었다.

"오시기 전에 도움이 될까 해서 미리 건드리긴 했는데 혹시나 제가 먼저 본 사실이 마음에 들지 않는다면 말씀해 주세요. 앞으론 다른 방법을 찾아볼 테니까요."

사실 이 정보 자체가 적화신루를 통해 얻은 것들이다. 굳이 자신에게 주는 서류를 보지 않았다 해도 이 안의 내용을 확인하는 건 그녀에게 결코 어려운 일이 아니었다.

그런데 이렇게 솔직하게 이야기를 해 주니 천무진은 적화신루의 일 처리가 더 마음에 들었다.

"괜찮아. 한 번 걸러 준 덕분에 살펴보기도 더 수월하고."

천무진은 쥐고 있던 서류를 내려놓고 그녀가 따로 분류해 두었던 쪽의 것을 집어 들었다.

전부 다 살필 생각이긴 했지만 우선 중요한 것부터 보고

자잘한 걸 살펴야 뭔가를 놓칠 확률이 조금이나마 낮아질 거라는 생각에서였다.

중요한 정보를 알면, 자칫 의미 없어 보이는 행동이 가진 진짜 이유를 찾게 되는 경우가 있기 때문이다.

서류를 바라보는 천무진을 힐끔 쳐다본 백아린이 이내 궁금했던 것에 대해 물었다.

"방금 함께 온 그 사람이 전에 만나려고 한다는 그 당사자 맞죠?"

"맞아."

"그 부상도 저자가 낸 거 같던데……."

"살짝 긁힌 정도라니까."

"그 정도가 긁힌 거면 팔 한쪽 정도는 잘려야 어디 가서 다쳤다 말하고 다닐 수 있을 것 같은데요."

백아린의 말에 천무진은 서류를 보다 픽 웃었다.

따지고 보면 그녀의 말도 틀린 건 아니었다. 단엽과의 격한 싸움 때문에 아직도 몸 곳곳이 아프고, 뻐근한 상황이었으니까.

천무진이 말을 받았다.

"그래도 저 정도 녀석을 꺾는 데 이 정도면 긁힌 정도가 맞아."

"대체 누군데요?"

사실 시간을 들여 정체를 캐내려고만 하면 알아내는 건 그리 어렵지 않았다. 허나 그 상대의 정체를 아는 이가 눈앞에 있으니 굳이 그래야 할 이유가 없었다.

그런 그녀의 질문에 서류를 살피던 그가 가볍게 대꾸했다.

"단엽."

"……누구요?"

백아린의 눈동자가 커졌다.

듣지 못해 되묻는 것이 아니다.

생각보다 상대가 너무나 큰 거물이었기 때문에 자신도 모르게 재차 묻고야 말았다.

그녀의 반응을 살핀 천무진이 말을 받았다.

"단엽이라고. 들었잖아."

"대홍련의 부련주 단엽이요?"

"뭐 그렇지. 지금은 부련주긴 하더군."

자신이 알던 저번 생에서의 단엽은 대홍련의 련주였지만 지금은 그보다 꽤나 과거여서 아직은 수장의 자리에 오르기 전이었다.

대홍련.

사파를 대표하는 가장 커다란 네 개의 세력 중 하나. 운남성을 주요 거점으로 삼고 있으며, 소속된 무인 대부분이 싸움을 즐기는 호전적 성향을 지닌 이들로 구성되어 있다.

사파의 거두인 대홍련 소속이라는 것도 놀라웠지만, 단엽이라는 인물 자체 또한 보통의 무인이 아니었다.

아직 이십 대의 어린 나이.

그럼에도 불구하고 이미 초절정의 경지에 오른, 사파 최고의 기재로 손꼽히는 것이 바로 그 아니던가.

단엽이 사라진 문 쪽을 바라보며 백아린이 말했다.

"대홍련의 부련주 단엽에게 주인 소리를 듣고 있다니…… 그쪽도 보통이 아니네요."

천룡성의 인물이라는 것을 제외하곤 아직 천무진에 대해 아무런 것도 알지 못하는 백아린이다.

은연중에 드러나는 눈썰미로 대략적인 실력을 가늠하던 상황, 그런데 단엽을 이토록 끽소리 못 하게 꺾어서 끌고 다닐 정도라면 과연 이 사내의 실력은…….

사실 묻고 싶은 것이 많았다.

갑자기 꼭 누군가를 만나야 한다며 찾아간 이가 다른 이도 아닌 단엽이라니.

왜 그가 필요했던 것인지부터 궁금한 점이 많았지만 백아린은 아무것도 묻지 않았다.

단엽에 대한 이야기를 잠시 주고받은 이후 찾아온 적막.

서류에 집중하고 있는 천무진의 모습에 자리를 비켜 주

기 위해 슬쩍 몸을 일으켜 세우던 백아린이 퍼뜩 뭔가가 생각났는지 입을 열었다.

"아 참, 그런데 이상한 게 하나 있었어요."

그녀의 말에 천무진은 서류에서 눈을 떼고 그녀를 응시했다.

"이상한 거라니? 뭐 찾은 거라도 있어?"

"딱 한 줄의 정보고 별거 아닐 수도 있는데…… 이상하게 눈에 걸려서요."

"눈에 걸리던 게 뭔데?"

물어 오는 천무진을 향해 백아린은 자신이 의아하게 여겼던 사실에 대해 말을 꺼냈다.

"그 사람 무림맹 소속이었던 적이 있어요."

"그게 왜?"

정파를 대표하는 무림맹이라는 단체에 들어가는 건 무인으로서는 분명 명예로운 일이고, 특별한 일인 건 사실이다.

허나 무림맹에 들어갔다는 사실 하나만으로 이상하다니?

그게 무슨 문제냐 물어 오는 천무진을 옆에 둔 채로 백아린은 서류 더미 속에 손을 집어넣었다. 그리고는 이내 그것에 대한 것이 적혀 있는 서류를 끄집어내서 천무진의 앞에 내려놓았다.

그녀가 말했다.

"쫓겨났거든요."

백아린이 자신을 바라보고 있는 천무진을 향해 천천히 뒷말을 이었다.

"그것도…… 고작 한나절 만에요."

7장. 목적지
— 제법 쓸 만하거든요

　천무진은 밤새 홀로 적화신루에서 가져다준 서류를 살폈다. 세세한 모든 정보를 가져다 달라 부탁한 탓에 백아린의 말대로 정말 쓸데없어 보이는 것들도 많았다.

　좋아하는 술이나 음식, 옷 취향에서부터 해서 말버릇까지.

　그와 관련된 지인들에 대한 정보도 제법 많았고, 유년 시절에 있었던 일들도 꽤나 자세히 적혀 있었다. 그 모든 걸 확인한다는 건 생각보다 긴 시간이 소모되는 일이었다.

　긴 시간 동안 서류들을 살피던 천무진이 갑자기 손을 뻗었다. 그러자 거짓말처럼 허공에서 한 장의 종이가 날아와 그의 손아귀로 빨려 들어갔다.

하지만 이건 지금 이 방 내부에서 벌어지는 일들에 비하면 정말 아무것도 아니었다.

현재 방 안에서는 많은 이들이 놀라 까무러칠 장면이 펼쳐지고 있었으니까.

스스스스.

놀랍게도 수십여 장의 종이들이 허공을 떠다니고 있었던 것이다.

그리고 그 모든 건 전부 천무진이 벌인 일이었다.

허공섭물(虛空攝物).

손을 대지 않고 내력만으로 물건을 자유자재로 움직이는 초절정의 경지다.

게다가 하나가 아닌 수십여 개를 동시에 움직이는 건 그만큼 많은 내공과 정교함을 갖춰야만 가능한 일이다.

하물며 지금 천무진은 서류를 보면서도 허공섭물이라는 극강한 경지를 아무렇지 않게 넘나들고 있었다.

과거의 삶 덕분에 한층 더 발전된 실력을 뽐내는 천무진이었다.

긴 시간 서류 더미와 싸움을 벌이던 그가 마침내 의자에 몸을 기대며 고개를 들었다.

"하아."

뻐근하다는 듯 가볍게 목을 움직이는 천무진의 입에서

나지막한 한숨이 흘러나왔다.

계속해서 살펴보고 고민해야 할 문제였지만 막상 이 많은 서류에서 그녀의 흔적을 찾다 보니 모래사장에서 바늘 찾기와 크게 다를 바 없다는 생각이 들어서다.

서류의 삼분의 이 정도를 본 지금까지는 희망보다 막막함이 더 컸다.

'역시 양휴 하나로 뭔가를 알아내는 건 무리였나?'

자신이 알고 있는 모든 걸 적화신루에게 의뢰하지 않고 양휴부터 시작한 데에는 몇 가지 이유가 있었다.

무턱대고 그 모든 걸 한 번에 의뢰했다가는 지금 이 방을 가득 채우고 있는 서류 뭉치의 몇십 배는 될 정보들을 한 번에 받아야 할 것이다.

그 안에서 공통되는 뭔가를 찾기는 쉽지 않을 테고, 모든 걸 연결하는 무엇인가가 있을 거라는 보장도 없다.

자신이 죽여야만 했던 그 모두가 각자 다른 이유로 정체불명인 그녀의 표적이 되었을 수도 있다는 소리다.

그렇기에 억지로 상황들을 끼워 맞추며 의문점을 찾아보기보다는 우선 시간의 순서에 따라 하나씩 자세히 살펴보고, 의심스러운 정황을 찾아보고자 했던 것이다.

그리고 그 의심스러운 것이 그녀의 또 다른 부탁과 연결점이 있나 찾아보는 식으로 엉킨 실타래를 풀어 가려고 했다.

다만 문제는…… 그 실타래의 시작점이 보이지 않는다는 것이었다.

꽤나 꼼꼼히 살폈고 딴에는 분명 의심스럽거나, 주의 깊게 살펴야 할 정보들도 있었다. 그리고 그 대부분은 백아린이 먼저 확인해 따로 추려 준 서류들이었다.

적화신루의 총관답게 백아린은 날카롭게 정보들을 분석해 분류해 놓았다.

덕분에 큰 도움이 되긴 했지만, 이 정보만으로는 자신이 찾는 그녀와 그들에 대해 알아내는 것은 아마도 불가능할 것이다. 다소 마음이 조급하긴 했지만 천무진은 최대한 침착해지려고 애썼다.

애초에 양휴에 대한 정보 하나로 그들의 뒤를 잡는다는 건 불가능에 가까운 일이었다.

자료들 안에서 의심스러운 부분을 조금 더 찾아보고, 만약에 그럼에도 찾지 못한다면 우선은 다음 표적이었던 양 가장에 대해 조사를 해 봐야 했다.

서류 더미를 물끄러미 바라보던 천무진의 시선이 이내 따로 챙겨 두었던 한 장의 종이로 향했다.

백아린이 말해 준 그 정보가 적힌 종이.

양휴가 무림맹에 들어갔다가, 한나절 만에 쫓겨났다는 그 사실이 목에 걸린 가시처럼 계속해서 거슬렸다.

'확실히 이상하긴 하단 말이지.'

무림맹은 정파 무림을 대표하는 단체답게 들어가는 것이 쉽지 않다. 그만큼 확실한 절차를 통해 선발하기 때문이다.

그런데 그토록 신중하게 뽑는 무림맹의 무인을 한나절 만에 쫓아낸다니…… 뭔가 미심쩍은 부분이 있는 건 사실 이었다.

어지간한 사고가 아니고서야 쫓아낼 이유가 없고, 들어간 지 한나절 만에 그 정도의 사고를 친다는 것도 이상하다.

말없이 서신을 들어 올려 내용을 살피던 천무진은 작게 고개를 끄덕였다.

무림맹에 들어갔다 한나절도 못 돼서 쫓겨났다는 그 짧은 한 줄의 문장이 전부다.

수백 장이 넘는 서류 중 단 하나의 문장.

어쩌면 놓쳤을지도 모를 이런 정보를 찾을 수 있었던 건 백아린의 공이 컸다.

천무진은 말없이 손가락으로 탁자를 가볍게 두드렸다.

툭툭.

그는 턱을 괸 채로 깊은 고민에 빠졌다.

상념에 잠겨 있던 천무진은 이내 자리에서 일어나 방을 빠져나왔다. 그리고는 곧바로 옆에 있는 다른 누군가의 방을 찾았다.

그가 문을 두드리며 입을 열었다.

"이봐, 들어간다?"

"그러세요."

백아린의 목소리를 듣고 나서야 천무진은 문을 열고 방 안으로 성큼 걸어 들어갔다. 그녀가 자리에서 일어나며 그를 맞았다.

"벌써 다 보신 거예요?"

"아니 아직. 한 삼분의 이 정도밖에 확인 못 했어. 그래도 그쪽이 중요한 정보를 분류해 준 덕분에 그나마 보는 게 한결 수월했어."

"도움이 되셨다면 다행이에요. 그나저나 밤을 꼬박 새우신 거 같은데 식사는요?"

"아직. 그보다 하나 묻고 싶은 게 있어서 찾아왔는데."

"뭔데요?"

"혹시 양가장이라고 알아?"

"양가장이요?"

되물었던 백아린은 이내 고개를 끄덕였다.

유명한 문파는 아니지만 그래도 그녀는 정보 단체의 총관답게, 그들에 대해 알고 있었다.

"말씀하시는 게 섬서성에 있는 그 양가장이라면 이름 정도는 알고 있어요."

"다른 건 특별히 뭐 아는 거 없고?"

"네, 아쉽게도요."

그리 유명하지 않은 가문이었기에 백아린 또한 별도의 조사를 하지 않고는 그들에 대해 아는 게 그리 많지 않았다.

그녀가 물었다.

"그런데 양가장은 왜요?"

"양휴와 무슨 관련성은 없나 해서."

"양휴와 양가장이요?"

사실 별반 알려지지도 못한 가문인 양가장과 양휴의 관계가 왜 중요한지 궁금했지만, 그것을 묻기 전 백아린은 퍼뜩 뭔가를 기억해 내고는 손으로 입가를 가렸다.

그녀가 짧은 탄성을 내질렀다.

"아! 잠시만요!"

"왜 그래?"

"우선 서류를 다시 한번 확인하고 싶은데 괜찮을까요?"

"물론이지."

승낙이 떨어지자 백아린은 천무진과 함께 서둘러 그의 방으로 들어갔다. 여전히 쌓여 있는 수백 장의 서류 더미들.

백아린은 성큼 들어가 그것들 사이를 헤집기 시작했다.

그리고 그리 얼마 되지 않아 자신이 찾고자 했던 서류를
찾아냈다.

내용을 눈으로 훑던 그녀가 이내 고개를 끄덕였다.

백아린이 서류를 내밀었다.

"이거 보세요."

서류엔 수많은 내용이 빼곡히 적혀 있었다. 그 서류의 내
용을 자세히 보기 위해 천무진이 그녀의 옆으로 바짝 다가
가 고개를 들이밀었다.

자신의 볼 바로 옆까지 고개를 들이민 천무진의 행동에
잠시 움찔한 백아린이 이내 손가락으로 서류의 한 곳을 가
리키며 말했다.

"이 부분이에요."

섭서에 있는 양씨 가문과 먼 혈육 관계.

교류는 없는 편.

서류의 내용을 보는 순간 천무진의 눈동자가 커졌다. 그
리고는 이내 떨리는 목소리로 중얼거렸다.

"이거 혹시……?"

"여기 적힌 양씨 가문이 양가장 아닐까요?"

백아린의 말에 천무진은 자신도 모르게 주먹을 불끈 쥐

었다.

아무것도 보이지 않던 어둠.

그 어둠의 저 끝에 존재하는 가느다란 빛줄기 하나를 발견한 기분이었다.

양휴와 양가장, 성씨가 같긴 했지만 그것만으로는 큰 의미를 부여하지 않고 있었던 상황이다. 세상에 같은 성씨를 지닌 이들은 많았고 양씨 성 또한 결코 특별하지 않았으니까.

아직 확인하지 못한 서류 내부에 있던 정보이기도 했지만, 사실 봤다고 해도 곧바로 양가장을 떠올리지 못했을 수도 있다.

솔직히 말해 양씨 가문이라고만 한다면 그것이 가리킬 수 있는 건 비단 양가장뿐만이 아니기 때문이다.

물론 지금도 이 양씨 가문이 양가장이라고 십 할 확신할 순 없다.

다른 양씨 성을 지닌 가문일 수도 있으니까.

그리고 그걸 확실히 확인하는 건 적화신루의 몫이었다.

자신의 생각을 말하려는 찰나 백아린이 먼저 입을 열었다.

"상부를 통해 이 양씨 가문이 양가장인지, 아니면 여타의 다른 곳인지 확인해 볼게요."

자신이 말하기도 전에 생각을 읽어 내고 먼저 말을 꺼내는 모습에 천무진은 잠시 그녀를 바라보다 이내 고개를 끄덕였다.

왜 이토록 어린 나이에 총관의 직책에 오를 수 있었는지 이제는 알 것 같다.

그리고 천무진은 또 하나 그녀에게 놀란 점이 있었다.

그가 물었다.

"그런데 이걸 어떻게 기억하고 찾은 거지?"

이토록 많은 서류 더미 속에서 손쉽게 이 한 장을 찾아냈다. 그리고 아무렇지 않게 넘길 법한 내용까지도 기억해 내고 있었다.

백아린에게는 아직 양가장에 대한 의뢰를 하지 않았으니 이 같은 부분에 대해 깊게 생각하며 읽지도 않았을 터.

그 말은 곧 이곳에 있는 서류의 많은 부분을 이미 암기하고 있다는 걸 의미했다.

심지어 그게 어느 곳에 적혀 있는지조차도.

생각지도 못한 질문이었는지 잠시 눈을 동그랗게 뜬 그녀가 이내 자신의 머리를 가리키며 말했다.

"이 녀석이 제법 쓸 만하거든요. 한번 본 내용은 거의 기억하는 편이에요."

한두 장도 아닌 수백 장에 달하는 서류들을 고작 하루 만에 읽고 대부분 기억한다니…… 쓸 만한 수준 정도가 아니라는 말이 목구멍까지 치솟았다.

양휴와 양가장, 그리고 무림맹.

양휴와 무림맹의 풀리지 않는 관계를 해결하기 위해 천무진이 물었다.

"혹시 양가장과 무림맹 사이에는 뭔가 연관된 게 없을까?"

"흐음, 글쎄요. 사실 양가장이 무림맹과 뭔가를 하기에는 너무 자그마한 곳이라…… 우선 이 부분도 신루에 의뢰를 해 봐야 정확히 알 것 같아요."

"그럼 말한 대로 이 서류에 적혀 있던 양씨 가문이 양가장이 맞는지 확인해 줘. 그리고 이왕 건드리는 김에 양가장에 대한 조사도. 그들과 무림맹 사이에 혹시 뭔가가 있는지도 알아봐 줬음 해."

"무림맹을 건드려야 하는 부분이라 시간이 조금 걸릴 거예요."

"얼마나?"

"확인은 해 봐야겠지만 이번 의뢰처럼 자세히 알아보려면 열흘은 필요해요. 아무래도 저희 위치가 운남성이다 보니 정보를 받는 데도 시간이 더 걸리거든요."

"열흘……."

사실 천무진은 이번 일을 끝내고 우선 천룡성의 본가로 돌아가려 했다.

애초에 본성을 나오며 가솔인 남윤에게도 오십 일 정도 걸릴 여정이라 말하지 않았던가.

다행히 열흘 정도라면 아직 여유가 있었다.

천무진은 가지고 다니던 중원의 지도를 펼쳤다.

그의 눈이 지도에 그려진 북쪽으로 올라가는 길목을 따라 천천히 어딘가를 향하고 있었다.

천룡성의 본가가 있는 사천성에 이르러 멈추어 선 시선.

하지만 지금 천무진이 보고 있는 건 천룡성의 본가가 있는 자양이 아니었다.

이내 지도에서 시선을 뗀 그가 입을 열었다.

"성도로 가야겠어."

"성도요? 갑자기 그곳은 왜요? 거기다가 그곳엔……."

말을 하던 백아린이 갑자기 설마 하는 표정을 지어 보였다.

그녀가 물었다.

"혹시 지금 제가 생각하는 곳에 가려는 건 아니죠?"

"아니, 아마 맞을걸."

지도의 성도 부분을 슬쩍 곁눈질한 천무진이 말을 이었다.

"풀리지 않는 의문이 있을 때는 고민만 하고 있기보다는 직접 알아보는 게 방법일 수도 있지."

백아린을 향해 시선을 돌린 천무진이 씩 웃으며 말했다.

"가자고, 무림맹으로."

*　　　*　　　*

마차는 쉼 없이 달렸다.

사천성에서 운남성으로 향했던 그때와 마찬가지로 계속해서 마부와 말을 바꿔 가며 목적지인 성도를 향해 움직였다.

그렇게 미친 듯 달려 마침내 도착한 성도.

마차가 멈추고 안에서는 기다렸다는 듯 한천이 뛰어내렸다.

그가 바닥에 발을 대기가 무섭게 고통스러운 몸부림을 치기 시작했다.

"맙소사, 대체 얼마 만에 밟는 땅이람."

손바닥으로 엉덩이를 마구 비비며 죽는소리를 해 대는 한천의 뒤를 따라 내린 단엽이 투덜거렸다.

"신명 나게 싸우게 해 준다더니 이거야 원, 마차 타고 전국을 순회할 모양샌데. 어이, 주인. 나 속인 거 아니지?"

불만 가득한 단엽의 목소리.

그 순간 마차에서 목소리가 흘러나왔다.

"속이긴 누가 속여."

말과 함께 천천히 바닥에 내려선 천무진이 한쪽으로 시선을 돌렸다.

아주 멀리에 보이는 길고 커다란 담장.

무림맹이었다.

천무진이 말을 이었다.

"이제부터…… 질리도록 싸우게 해 줄게."

그가 의미심장한 얼굴로 멀리에 있는 무림맹을 응시하고 있는 바로 그때였다.

"저기요, 죄송한데 좀 비켜 주시면 안 돼요? 무기가 워낙 커서 나갈 수가 없거든요."

마차의 입구에서 낑낑거리며 서 있던 백아린이 말했다.

＊　　　＊　　　＊

사천성 성도에 위치하고 있는 무림맹은 예로부터 정파 무림의 대들보와도 같았다. 구파일방과 오대세가를 주축으로 하여, 여타의 중소 세력들이 하나로 힘을 모은 곳.

정파를 대표하는 그들의 힘은 중원 곳곳에 스며져 있었다.

거기에 오대세가 중 하나인 사천당문 또한 이곳 성도 인근에 자리하고 있으니, 당연히 마을 자체에 정파 무인들이 득실거렸다.

그러다 보니 무림인을 보는 게 원래는 쉬운 일이 아니거늘 이곳 성도에서만큼은 그리 특별한 일이 아니었다.

창 바깥을 힐끔 내려다보던 단엽이 길거리를 지나다니는 정파 무인들을 보며 투덜거렸다.

"망할. 내가 살다 살다 무림맹 코앞까지 오다니."

사파인 그의 입장에서 가장 껄끄러운 곳 중 하나가 바로 이곳 성도일 것이다. 더군다나 무림맹과 그리 멀지 않은 곳에 위치한 객잔에 자리하고 있자니 뭔가 염탐이라도 하러 온 첩자가 된 기분이었다.

성도에 도착하고 이튿째.

다른 이들 또한 업무적 이유가 아니면 외출을 자제하고 있긴 했지만, 개중에 단엽은 아예 바깥으로 한 발자국조차 나가지 못하고 있었다.

단엽은 그 위명에 비해 얼굴은 그리 알려지지 않았지만, 혹여 사파인 대홍련의 부련주가 이곳에 있다는 사실이 들통나면 시끄러워질 수도 있기 때문이다.

한편, 무림맹이 있는 성도로 오는 동안 천무진은 두 번째 의뢰를 했던 양가장에 대한 정보를 받아 확인한 상태다. 그랬기에 양휴와 양가장에 대한 이런저런 것들에 대해 알게 되었다.

허나 그중에 그리 크게 눈에 띄는 어떠한 미심쩍은 부분은 없었다.

무림맹과 양가장의 관계라고는 해 봤자 철의 일부를 거래하는 정도로, 사실 이건 굳이 양가장뿐만이 아니라 여타의 많은 세력들과도 진행하는 일이었다.

무림맹은 중원 곳곳의 가문들에게서 철을 구했고, 양가장은 그 수십여 개의 거래처 중 하나일 뿐이었다.

그들이 있는 섬서성에도 이 같은 거래를 하는 가문이 열 개가량 되니 굳이 특별할 것은 없어 보였다.

다만 이번 의뢰를 통해 하나 확실해진 것이 있다.

첫 의뢰인 양휴라는 사내와 두 번째 의뢰인 양가장이라는 가문의 관계.

백아린의 예상은 정확하게 맞았다.

비록 먼 친척이긴 하지만 양휴는 양가장이라는 가문과 이어져 있었던 것이다.

전생에서 정체불명의 그녀가 한 부탁으로 죽였던 상대들.

과연 서로 관계가 있는 양휴와 양가장이라는 가문을 모두 없애려 한 것이 우연의 일치였을까?

아니, 그럴 리가 없다.

아직은 그 이유를 찾지 못했지만, 이 같은 일이 우연으로만 벌어졌을 리가 없다. 그러니 그 두 개를 잇는 뭔가를 찾아야만 했다.

그리고 그 시작점은 바로 무림맹이었다.

무림맹에 들어갔던 양휴가 한나절도 안 돼서 쫓겨난 이유가 뭔가 미심쩍었던 탓이다.

적화신루조차 이유를 알아내 오지 못한 사건, 그랬기에 직접 알아내기 위해 이 성도까지 온 것이 아니었던가.

그리고 그러기 위해서는 직접 무림맹에 들어가야 할지도 몰랐다.

허나 그건 생각보다 간단한 일이 아니었다.

다른 곳도 아닌 무림맹, 쉽사리 드나들 수 있는 곳이 아니었다.

그랬기에 이번에도 천무진에겐 백아린의 힘이 필요했다.

무림맹에 들어가기 위해서는 높은 위치에 있는 누군가의 도움이 있어야만 했으니까. 그리고 그런 인맥이 백아린에게는 있었다.

물론 단순히 적화신루의 인맥을 통해서 무림맹의 이곳저곳을 파헤치고 다니는 건 불가능하다.

하지만 다행히도 천무진에게는 만약을 대비해 챙겨 온 여분의 천루옥이 하나 있었다. 이걸 통해 무림맹의 높은 인물에게 천도의 맹약을 언급해 도움을 받고자 하는 것이었다.

자신의 존재가 드러나지 않기를 바라는 천무진의 입장에서는 아무에게나 천루옥을 주며 이 모든 걸 가능하게 해 줄 수 있는 상부의 인물에게 전달해 달라고는 할 수 없었다.

중간 과정을 빼고 은밀히 상부에 직접적으로 천루옥을 건네는 것, 그게 바로 백아린의 임무였다.

그 같은 연유로 낮부터 나간 그녀였지만 저녁 시간이 다 되어 가는 지금까지 딱히 아무런 연락이 오지 않고 있었다.

탁자에 자리한 채로 하염없이 백아린을 기다리고 있는 천무진을 향해 단엽이 말했다.

"나간 게 언젠데 아직까지 안 와. 그 여자 믿을 만은 한 거야?"

단엽의 말에 슬쩍 그에게 시선을 돌렸던 천무진이 이내 담담하게 말했다.

"실력 하나는 쓸 만하더군."

정보를 분류할 때 보았던 믿을 수 없을 정도로 뛰어난 기억력과 판단력. 그리고 상대가 약하긴 했지만 녹림도들을 때려눕힐 때의 무공까지.

두 가지 부분 모두에서 백아린은 천무진이 기대한 것 이상의 능력을 보였다.

그랬기에 단엽의 물음에도 일절 망설이지 않고 이 같은 대답을 할 수 있었던 것이다. 천무진의 대답에도 단엽은 믿기 어렵다는 듯 볼을 긁적이며 입을 열었다.

"그래? 별거 없어 보이던데. 괜히 쓸데없이 큰 무기나 들고 다니는 것 같고. 곱상하게 생겨 가지고 그 무거운 거 뭐 쥐고 흔들 수나 있대?"

단엽의 질문에 며칠 전의 일을 더듬으며 천무진이 말을 받았다.

"한 손으로 쥐고 흔들면서 상대를 으깨 버리던데."

"……그래?"

대답을 하는 단엽의 눈동자에 흥미롭다는 감정이 일었다. 싸움을 즐기는 그로서는 백아린의 무기가 언제나 눈에 띄었다. 그리고 그런 무기를 휘두르는 상대와 한번 싸워 보고 싶다는 생각도 있었다.

다만 그녀가 너무 약할까 봐 싸움을 걸지 않은 것뿐이다.

호전적이라 해도 강자와의 싸움에 관심이 있을 뿐이지, 약한 상대를 괴롭히는 건 귀찮을 뿐이었으니까.

단엽이 중얼거렸다.

"재밌군. 생긴 거하고 다르게 제법 한가락 하는 모양인데."

단엽에게 시선을 주고 있던 천무진이 기가 차다는 듯 대꾸했다.

"네가 생긴 걸로 뭐라 하기엔 좀 그렇지 않아?"

"뭐, 뭐가!"

스스로도 사내답지 않게 생긴 외모라는 걸 잘 알기에 단엽은 제 발이 저렸는지 버럭 소리를 내질렀다. 그런 그의 모습에 천무진은 어깨를 으쓱했다.

천무진을 보며 단엽은 이를 갈았다.

곱상한 자신의 외모에 불만이 있는 단엽은 여자 같이 생겼다는 식의 말을 무척이나 싫어했다.

상대가 다른 이였다면 당장이라도 박살을 내 주겠다며 달려들었겠지만…….

"저걸 콱. 주인만 아니었으면 당장에 죽여 버리는 건데."

"다 들려. 뭐 언제든 죽일 수 있으면 덤벼도 되고. 지금 그 실력으론 안 되겠지만."

고개를 돌린 채로 대꾸하는 천무진을 향해 단엽이 스스로의 머리카락을 마구 헝클어트리며 화를 표출했다.

그때였다.

들려오는 발자국 소리에 방 안에 남아 있던 두 사람이 문으로 고개를 돌렸다.

벌컥.

문이 열리며 급한 걸음으로 뛰어온 백아린이 모습을 드러냈다.

그녀가 상기된 얼굴로 말했다.

"약속 잡혔어요."

네 명의 일행은 성도의 거리를 따라 어딘가로 움직이고 있었다. 이내 그들이 도착한 곳은 마을의 번화가와 가까운 곳에 위치한 큰 주루였다.

사 층으로 된 주루에는 밝은 등이 주렁주렁 달려 있었고, 많은 이들이 오고 가는 중이었다.

청풍루라는 이름의 이곳에 도착하자 백아린은 곧장 자신을 안내하러 온 이에게 말했다.

"예약되어 있을 거예요."

"성함이 어찌 되십니까?"

"좌천이라는 이름으로 되어 있을 거라 하던데요."

"아, 잠시만 기다려 주시지요."

말과 함께 뒤쪽으로 잠시 갔던 중년의 사내는 이내 확인을 끝마치고 다시금 일행에게 다가왔다. 그가 웃는 얼굴로 말했다.

"확인되었습니다. 따라오시지요."

말과 함께 사내는 일행을 청풍루의 한 곳으로 안내했다. 삼 층의 구석방에 도착하자 그가 문을 열었다. 방 내부는 제법 컸다.

스무 명 정도가 자리해도 될 정도로 커다란 장소.

사내가 예를 갖추며 말했다.

"그럼 주문은 다른 손님들이 더 오시면 받도록 하지요."

"그렇게 해 주세요."

백아린이 대답하고는 방 안으로 들어섰다. 그리고 그 뒤편으로 나머지 셋 또한 걸음을 옮겼다.

방에 모두가 들어서자 뒤편에 있던 사내가 문을 닫고는 사라졌다.

빈자리에 가서 앉으며 천무진이 물었다.

"좌천이 누구야?"

그들을 무림맹 내부에서 움직이게 만들어 줄 정도의 힘이 있는 자라면 그만큼 높은 직위에 있어야 할 터.

헌데 천무진은 좌천이라는 이름을 들어 본 적이 없었다. 그랬기에 이상했다.

적어도 무림맹 내부에서 그 같은 일을 벌이게 해 줄 정도의 능력자라면 이름 정도는 알아야 할 테니까.

그의 질문에 백아린이 답했다.

"사람 이름이 아닌데요."

"그럼?"

"그냥 지방으로 좌천되기 싫다고 그 이름으로 걸어 놓겠다더라고요."

"……기가 막히는군."

말도 안 되는 농담에 천무진이 어처구니없다는 표정을 지어 보였다.

그가 혹시나 하는 얼굴로 물었다.

"설마 오늘 만나기로 한 사람이 그 실없는 농담을 한 장본인은 아니겠지?"

천무진의 말에 백아린이 어색하게 딴청을 부렸다. 그런 그녀의 모습에 그가 고개를 저으며 말을 이었다.

"……맞나 보군. 도대체 누군데?"

자신들에게 그 같은 도움을 줄 수 있는 자라면 무림맹 내부에서 큰 힘을 가진 인물일 터.

그의 질문에 백아린이 답했다.

"위지겸(慰遲兼)이요."

말을 듣는 순간 천무진의 표정이 묘하게 변했다.

그 이름이 뜻하는 이가 누구인지 너무도 잘 알았기 때문이다.

무림맹 총군사 천뇌문사(千腦文士) 위지겸.

뛰어난 지략가로 오랫동안 무림맹을 지탱해 온 두뇌라고

할 수 있는 자다.

저토록 실없는 소리를 해 댄 것이 무림맹의 총군사인 위지겸이라는 사실을 알게 된 천무진은 절로 고개를 저었다.

"하아, 무림맹의 앞날이 캄캄하군."

하지만 그것과는 별개로 천무진은 이 자리에 오기로 한 이가 위지겸이라는 사실이 만족스러웠다.

총군사인 그라면 자신이 원하는 바를 이루는 데 도움을 줄 능력이 있었으니까.

그가 물었다.

"총군사와도 연이 닿아 있던 거야?"

"아뇨, 사실 총군사를 본 건 저도 오늘이 처음이에요. 개인적으로 무림맹에 아는 분이 한 분 있는데, 그분을 통해 접견 신청을 했거든요. 그래서 직접 만나 뵙고 전해 주셨던 천루옥을 그에게 건넸죠. 아무래도 만나기 쉬운 분이 아닌 데다가, 총군사께서도 오후까지 자리를 비우고 계셨던지라 저도 늦어진 거고요."

말을 내뱉는 백아린의 옆에 있던 한천이 말이 끝나자 기다렸다는 듯 끼어들었다.

"총군사를 내일 만나면 안 되냐고 하는 걸 저희 대장께서 급한 일이라며 얼마나 밀어붙이셨는데요. 정말 어렵게 자리 만든 겁니다."

마치 누군가 들으라는 듯한 말투에 단엽이 헛기침을 해 댔다. 이곳에 오는 내내 뭐 하다 이렇게 늦었냐며 시끄럽게 굴어 댔던 탓이다.

그런 단엽을 보며 한천이 득의양양한 표정을 지어 보이는 그때 천무진은 방 내부를 한번 크게 둘러봤다.

화려하게 꾸민 내부, 곳곳을 장식하고 있는 장식품은 말할 것도 없고 지금 바로 앞에 있는 탁자조차도 제법 가격이 나가 보인다.

옆방에도 사람이 자리하고 있는지 웃음소리가 연신 터져 나오고 쓸데없는 이야기들이 오고 가고 있었다. 방음은 제법 좋았지만 사실 무인들에게 그건 그다지 의미가 없었다.

실력이 뛰어나다면 수백 발자국 바깥에서 낙엽이 떨어지는 소리조차 감지해 낼 수 있는 게 무인이 아니던가.

방 안을 살피며 잠시 뭔가를 생각하던 그때 마침내 기다리던 이가 일행들이 있는 방으로 다가오고 있었다.

뚜벅뚜벅.

발걸음 소리가 이내 멈추었고, 닫혀 있던 문이 열리며 중년의 사내 하나가 모습을 드러냈다.

옷차림은 단정했고, 인상은 전체적으로 부드러웠다. 하지만 그 안에는 감추기 힘들 정도의 특별함이 있다는 게 느껴지는 그런 사내였다.

검은 머리카락 사이로 희끗희끗하게 자라난 흰머리가 그의 나이를 짐작게 했다.

상대를 본 백아린이 먼저 일어나 예를 갖췄다.

"오셨군요."

"허어, 헤어진 지 얼마 안 돼서 또 뵙는 거지만 반갑습니다."

마찬가지로 포권으로 인사를 건네는 중년 사내.

총군사 위지겸이었다.

포권으로 인사를 주고받은 상황에서 위지겸의 시선이 자연스레 다른 일행들에게로 향했다. 한천이야 이미 백아린과 함께 보았으니, 남은 건 둘이었다.

천무진과 단엽을 번갈아 바라보던 위지겸이 누가 천룡성의 인물인지에 대해 물었다.

"두 분 중 어떤 분이신지요?"

"납니다."

위지겸이 한 질문의 의미를 알기에 천무진이 곧바로 답했다.

그가 고개를 끄덕이며 말을 받았다.

"생각보다 젊으신 분이군요. 아, 우선 좀 들어가서 앉아도 될까요?"

"물론입니다."

천무진의 승낙이 떨어지고 나서야 위지겸은 방 안으로 발을 내디뎠다. 그가 안으로 걸어 들어와 한쪽에 위치한 자리에 앉았다.

자리에 앉은 위지겸이 품에서 지니고 있던 천루옥을 꺼내어 내밀었다.

확인을 하기 위해 내력을 주입한 탓에 색은 붉게 변해 있었다.

내민 천루옥을 천무진이 품 안으로 회수하는 걸 바라보던 그가 말을 시작했다.

"갑작스레 연락을 받고 깜짝 놀랐습니다. 저희의 도움이 필요하시다고요. 그게 무엇인지……."

말을 내뱉는 위지겸을 향해 천무진이 갑자기 손을 들어 이야기를 저지했다.

그의 행동에 위지겸이 고개를 갸웃할 때였다.

천무진이 말했다.

"그 전에 옆방에서 손님인 척 떠들어 대는 이들이 누군지부터 말해 주는 게 순서일 것 같습니다만."

"……!"

위지겸이 놀란 듯 눈을 부릅떴다.

그리고 천무진의 그 한 마디에 다른 세 사람의 표정도 묘하게 변했다.

한천은 황급히 옆을 바라봤고, 단엽은 슬쩍 표정을 구겼다. 그리고 백아린은 불편한 표정을 지은 채로 입을 열었다.

"총군사께서는 이런 식으로 사람을 대접하시나 보군요. 제가 알기로 실없는 농담은 좋아하셔도, 예의는 바르신 분으로 알았는데요."

"허, 거참."

쏘아붙이는 그녀의 말에 위지겸은 얼굴을 긁적였다.

그가 어쩔 줄 몰라 하고 있던 그때였다.

시끄럽게 떠들어 대던 옆방이 갑자기 조용해졌다 싶더니, 그 목소리의 주인공 중 한 명이 방의 바로 앞쪽으로 다가와 입을 열었다.

"들어가도 되겠소이까?"

묵직한 중저음의 목소리.

천무진이 고개를 끄덕이자 그 모습을 본 위지겸이 입을 열었다.

"들어오셔도 된답니다."

드르륵.

승낙이 떨어지기 무섭게 열린 문, 그리고 그 건너에는 노인 한 명이 자리하고 있었다. 하얀 백발에 보통의 체구. 인상은 평범해 보였지만 전체적으로 여유가 있어 보였다.

적당할 정도로 기른 하얀 수염과 옷으로 가려져 있긴 하지만 단련이 잘된 탓인지 떡 벌어진 어깨는 무척이나 사내답게 느껴졌다.

그 노인을 보는 순간 한쪽에 자리하고 있던 단엽이 아무도 알아차리지 못할 만큼 작게 움찔했다.

그때 노인이 새하얀 수염을 살짝 어루만지고는 방 안으로 들어서며 너털웃음을 터트렸다.

"허허, 설마 알아차렸을 줄은 몰랐소이다. 일부러 시간차를 두고 자리하고 있었는데 말입니다."

"그 정도 수를 염두에 두지 않을 정도로 바보는 아니라서 말입니다."

어느 정도 예의는 갖추며 말하곤 있었지만 천무진의 말투는 싸늘했다.

원래 누군가에게 쉽사리 휘둘리는 성격은 아니었지만, 전생의 일이 있고부터는 그런 부분이 유독 더 강해졌다.

뭔가 뒤에서 꼼수를 부리고 있는 걸 극도로 싫어하기에 지금 이 상황 또한 마음에 들지 않았다.

노인이 물었다.

"그런데 대체 어떻게 안 것인지 물어도 되겠소이까? 분명 들킬 만한 이유는 없었던 것 같은데……."

"어떻게 생각할지 모르겠지만 내 귀에는 당신들의 대화가 조금씩 이어지지 않는다고 느껴졌으니까요."

듣고 있자니 분명 대화를 이어 나가고 있긴 했지만, 그것들이 묘하게 어긋나고 있다는 사실을 알았다.

마치 억지로 연기를 하는 듯한 느낌.

보통의 사람이라면 그들이 나누는 대화만으로는 눈치채지 못했을지도 모른다. 그리고 사실 전생의 일이 없었다면 천무진 또한 별생각이 없었을 수도 있다.

허나 이번엔 달랐다.

많은 경험을 했고, 조그마한 것에도 신경의 끈을 놓지 않는다.

고통 가득했던 전생의 경험 때문이다.

자잘한 모든 걸 신경 쓴 덕분에 그들의 대화가 이어지는 와중에서도 뭔가 빠져 있다는 것을 알아차릴 수 있었다.

그리고 적어도 천룡성의 연락이고, 그걸 받은 이들이 무림맹이라면 조용한 장소 따위는 언제든지 만들 수 있었을 것이다.

그럼에도 불구하고 굳이 옆방에 누군가가 있다는 사실도 처음부터 미심쩍었다.

천무진의 말에 노인은 괜히 옆방을 흘깃 보며 탓하듯 말했다.

"거참, 최대한 자연스레 하라고 그리도 말했는데 목석같은 녀석들이라 쉽지 않았나 보오. 우리의 행동에 기분이 좋지 않았다면 사과하지요."

노인은 포권을 취하며 진심으로 사과의 뜻을 내비쳤다. 그리고는 이내 말을 이었다.

"사실 천룡성에서 연락이 왔다기에 그분을 뵙게 되는 줄 알고 예전 일이 떠올라 조금 장난스럽게 인사를 드리려 했던 것인데…… 이번엔 젊으신 분이 찾아오셨군요."

그 전까지만 해도 불쾌한 기색을 띠고 있던 천무진은 상대의 입에서 나온 말에 놀란 듯 표정을 바꿨다.

"그분이라면 설마 사부를 말하시는 겁니까?"

천무진의 질문에 그가 답했다.

"일전에 뵌 적이 있었지요. 아주 오래전이긴 한데…… 그때 제가 신세를 졌습니다. 그분께서는 정정하신지요?"

"물론입니다. 그런데 제 사부를 알다니 그쪽은 누구십니까?"

자신의 사부가 쉽사리 세상에 모습을 드러내지는 않았을 터. 그런 사부를 알 정도라면 이 노인 또한 보통 인물은 아닐 거라는 확신이 들었다.

묘하게 웃고 있는 노인을 대신하여 총군사 위지겸이 답했다.

"……맹주님이십니다."

8장. 가짜 신분
― 처음 뵙겠습니다

　무림맹주.

　무림맹의 수장이자 정도 무림을 대표하는 인물이라 볼 수 있다. 그런 무림맹주가 지금 이곳에서 천무진과 마주하고 있었다.

　상대가 무림맹주라는 말에 백아린과 한천은 슬쩍 놀란 기색을 보였지만, 천무진은 의외로 금세 평정심을 되찾았다.

　무림맹주 추자후(秋刺侯).

　젊었을 적에는 불같은 성정으로 유명하였지만, 나이를 먹으면서는 온화해진 태도와 좌중을 압도하는 특유의 성격으로 무림맹을 이끄는 사내다.

천무진이 말을 시작했다.

"무림맹주께서 직접 오실 줄은 몰랐군요."

"다른 분도 아닌 천룡성에서 오신 분의 연락인데 소홀히 할 수는 없지요. 아까 말씀드린 것처럼 소협의 사부께 신세를 진 적도 있고요."

나이 차는 많이 났지만, 추자후는 천무진에게 깍듯이 예를 갖췄다. 천룡성이란 많은 무림인들에게 그처럼 존경의 대상이었다.

추자후가 빈 탁자를 내려다보며 아쉽다는 듯 말을 이었다.

"마음 같아서는 이곳에 모인 분들과 식사 한 끼 하고 싶지만 아쉽게도 그럴 여유는 없을 것 같군요. 비밀리에 나온 일이다 보니 제게 주어진 시간이 그리 길지 않아서 말입니다."

사실 무림맹주란 자리는 생각보다 더욱 개인적 여유가 없었다.

비밀리에 어딘가에 나가는 것도 쉽지 않았고, 몰래 뒤를 캐는 이들 또한 많다.

하물며 지금은 천룡성의 인물인 천무진을 만나는 상황이었기에 더더욱 자신의 행보가 들통나지 않도록 조심해야 하는 상황이었다.

추자후가 시간을 끌지 않고 바로 물었다.

"그럼 바로 본론으로 들어가지요. 급히 연락을 한 연유가 무엇입니까?"

"무림맹에서 조사를 해야 할 게 있는데 들어갈 수 있게 좀 해 주시죠."

"무림맹 내에서 조사를 하신단 말입니까?"

"찾아야 할 게 좀 있어서요."

천무진을 바라보던 추자후가 슬쩍 뒷머리를 긁적였다. 차라리 힘이 필요하다고 빌려 달라는 부탁이었다면 한결 수월했을지도 모르겠다.

그런데 무림맹 내부로 들어와 직접 처리할 일이라니…….

신경 써야 할 일이 한두 가지가 아니었다.

부탁에 대한 대답을 하기 전에 추가적으로 더 알아야 할 것이 있다 여긴 추자후가 물었다.

"제가 뭘 도와드리면 되겠습니까?"

"맹 내에서 활동할 수 있는 가짜 신분이 필요합니다."

"가짜 신분이라…… 필요한 시간은 얼마쯤으로 생각하시는지요?"

"그걸 장담할 수 없습니다. 빠르면 하루 이틀로도 끝날 수 있지만…… 길어지면 얼마나 걸릴지 확답을 드리지 못하겠군요."

"흐음, 이리 비밀리에 저희 쪽과 접선을 하신 걸 보아하니 천룡성의 정체를 드러내지 않으실 생각이신 것 같은데요."

"맞습니다."

추자후의 질문에 천무진이 고개를 끄덕이며 답했다.

대화가 여기까지 이어지자 추자후는 상대가 원하는 바가 무엇인지 어느 정도 파악할 수 있었다.

그가 말했다.

"손님으로 며칠 정도 모실 수는 있으나 시간이 길어질 수도 있다 하셨으니 그건 안 될 것 같고…… 아무래도 무림맹에 무인으로 들어오셔야 될 것 같습니다."

"가능하겠습니까?"

"뭐 쉬운 일은 아니겠지만 저한테는 유능한 수하 한 명이 있어서 말입니다. 그 친구가 알아서 다 해 줄 겁니다. 안 그런가?"

말을 마친 추자후가 옆에 있는 누군가에게 시선을 돌렸다. 그리고 그런 그의 시선을 받은 총군사 위지겸이 길게 한숨을 내쉬었다.

"하아, 또 저만 죽어나겠군요. 최대한 빠르게 준비해 보겠지만 이틀은 걸립니다. 그럼 여기 계신 네 분 모두의 가짜 신분을 준비해 드리도록……."

"셋만 준비하게."

막 위지겸의 말이 끝나는 순간 추자후가 빠르게 답했다. 모두의 시선이 집중되는 그 순간 그가 단엽을 바라보며 천천히 말을 이었다.

"아무리 그래도 대홍련의 부련주를 무림맹 내로 들일 수는 없는 노릇 아닌가."

추자후의 말에 위지겸이 놀라 눈을 치켜뜰 때였다.

아까부터 아무런 말도 하지 않고 불편한 표정을 짓고 있던 단엽이 퉁명스레 입을 열었다.

"망할 영감 같으니라고."

"대홍련의 풋내기, 그 말투는 여전하구나."

"……칫."

불만스러운 듯 혀를 차면서도 단엽은 더는 말을 잇지 않았다. 구면인 두 사람 사이에는 뭔가 사연이 있는 듯싶었다.

단엽과의 대화를 끊은 추자후가 천무진에게 말했다.

"대홍련의 부련주다 보니 얼굴을 알아보는 이가 있을 수 있어서 말입니다. 이 부분은 양해 부탁드리지요."

"이해합니다."

천무진의 말에 웃음을 보인 추자후가 슬쩍 창밖을 바라봤다. 어떻게든 무림맹 바깥으로 나오긴 했지만 벌써 시간이 꽤나 지나 신경이 쓰이는 모양이다.

그가 자리를 털고 일어났다.

"이야기를 좀 나누고 싶었지만 아까 말씀드린 대로 맹을 오래 비울 수 있는 처지가 아닌지라 이만 물러나야 할 것 같습니다. 기회가 되는 대로 다시 뵙지요. 혹 앞으로도 뭔가 필요한 부분이 있다면 이 친구에게 부탁하시면 됩니다."

말과 함께 추자후는 옆에 앉아 있는 위지겸의 어깨를 두드렸다.

쌓여 가는 과중한 업무에 지친다는 듯 위지겸은 자신의 미간을 손가락으로 꾸욱 눌렀다.

추자후가 말했다.

"자 그럼 전 이만."

말과 함께 그는 거침없이 몸을 돌려 걸어 나갔고, 앉아 있던 위지겸 또한 자리에서 일어섰다.

"저도 요청하신 일들을 하려면 시간이 필요해서 바로 맹주님과 함께 맹으로 돌아가 봐야 할 것 같습니다. 박봉인데 무슨 일만 생기면 다 저에게 떠넘기시는 맹주님 덕분에 쉴 틈이 없군요."

먼저 나간 추자후에 대한 험담을 빠르게 쏟아 낸 그가 이내 포권을 취하며 말을 이었다.

"올라오는 김에 제가 미리 식사를 시켜 두었으니 곧 가지고 올 겁니다. 제 몫까지 남김없이 드시고 가시지요. 그리고…… 아까 무례하게 느끼셨다면 다시 한 번 사죄드립니다."

장난스러움은 온데간데없이 사라진 목소리로 위지겸이 사과의 뜻을 전했다.

그가 자신을 바라보자 백아린은 고개를 끄덕였다.

"맹주님 말씀을 들어서 이해했어요. 괜찮습니다."

"하하, 그리 말해 주시니 한결 마음이 낫군요. 그럼 가짜 신분을 만들고 그 후에 연락드리겠습니다. 아까 말씀해 주셨던 그 객잔에 계속 계실 생각이시지요?"

"네, 그쪽으로 연락 주시면 돼요."

"그리하도록 하지요."

말을 끝낸 위지겸이 먼저 나간 추자후의 뒤를 쫓으려는 듯 빠르게 걸음을 옮겼다.

두 사람이 빠져나가고 얼마 되지 않아 위지겸의 말대로 그가 시켜 둔 음식들이 밀려오기 시작했다.

처음엔 별생각 없이 보고만 있던 일행들이었지만 이내 그 행렬이 그치지 않고 길게 이어지자 모두가 입을 벌린 채 탁자 위에 올라오는 음식들을 바라봤다.

스무 명이 자리해도 모자라지 않을 법한 커다란 탁자 위에 음식들이 가득 찼으니, 그 양이 얼마나 무지막지한지는 이루 말로 형용하기 힘들 정도였다.

백아린이 탁자 위를 꽉 채우고 있는 음식들을 보며 중얼거렸다.

"뭐 이렇게 많아? 어떻게 다 먹으라고."

그런 그녀를 향해 한천이 말했다.

"대장, 뭘 모르시네. 이런 거는 함부로 먹는 게 아닙니다."

"그게 무슨 소리야?"

"지금 이건 일종의 뇌물이라고 봐야죠. 함부로 받아먹었다가 골로 가는 사람 한둘 본 게 아닙니다. 제가 이런 쪽에 좀 빠삭해서 잘 아는데 말이죠. 이런 경우엔……."

뭔가 말을 이어 나가려던 한천은 갑자기 코로 밀려드는 향긋한 냄새에 입을 닫았다.

뒤늦게 모습을 드러낸 건 다름 아닌 술이었다.

그것도 열 가지에 달하는 여러 종류의 술이 탁자 위에 가지런히 놓였다.

그 순간 한천이 재빠르게 다가가 뺏길세라 술 한 병을 들고는 잔에 채워 넣었다.

잔에 채운 술을 잽싸게 목구멍으로 넘긴 그가 탄성을 내질렀다.

"크으, 죽인다."

연거푸 술잔에 술을 채우던 한천은 이내 자신에게 향하는 시선을 느껴서인지 움찔하고 손을 멈췄다.

그가 고개를 돌려 자신을 바라보고 있는 백아린과 시선을 마주쳤다. 한천의 입가에 어색한 미소가 감도는 그사이 백아린이 기가 차다는 표정으로 말했다.

"이런 거 함부로 먹으면 골로 간다며?"

방금 전 자신이 내뱉었던 말이 떠오르긴 했지만, 한천은 뻔뻔하게 대답했다.

"……공짜 술은 마다하지 않는 법이라 배웠습니다."

순식간에 돌변하는 모습, 하지만 술을 보고 눈이 뒤집힌 건 한천뿐만이 아니었다. 그의 옆으로 단엽이 다가갔다.

한천의 옆자리에 앉은 그가 술병을 통째로 들이켜고는 좋다는 듯 말했다.

"크으! 뭘 아시네, 아저씨. 뭣들 해. 와서 먹지 않고. 어차피 우리가 안 먹으면 다 쓰레기인데 아깝잖아. 어서들 먹자고."

말을 마친 단엽은 앞에 있는 고기를 한 움큼 집어삼켰다.

둘이 주거니 받거니 하면서 술자리를 시작하는 걸 가만히 바라보던 백아린이 슬쩍 옆으로 시선을 줬다.

그곳에는 음식에는 손도 안 대고 앉아만 있는 천무진이 있었다.

뭔가 골똘히 고민하는 모습.

그는 언제나 그랬다.

마치 뭐에 쫓기는 것처럼 조금의 시간도 허비하지 않으려 하고, 또 빈틈도 보이지 않으려 한다. 방금만 해도 그렇다.

이곳에 들어온 직후부터 옆방에서 오고 가는 모든 대화들을 귀 기울여 듣지 않았던가.

물론 그 덕분에 옆방에 있던 무림맹주를 곧바로 알아차리긴 했지만, 그만큼 모든 일에 예민하게 감각을 세우고 있다는 건 스스로에게도 큰 피로감을 느끼게 만들 수밖에 없다.

하물며 백아린은 계속해서 달리는 마차에서조차 천무진이 눈 한 번 제대로 붙이는 걸 본 적이 없었다.

옆방의 모든 대화를 듣고 있다가 그것에서 이상한 점을 발견했다는 사실에 대단함을 느끼다가도, 왠지 모를 안쓰러움이 느껴졌다면 자신이 이상한 걸까?

언제나 날카로운 칼처럼 날이 서 있는 사내.

과연 이 사내가 이토록 찾아다니는 그건 무엇일까?

하지만 백아린은 아무런 것도 묻지 않았다.

의뢰인이었으니까.

자신은 그저 시키는 것만 도우면 되는 그뿐인 관계다.

'쓸데없는 데 관심 끄고 식사나 하자.'

떠들어 대는 둘과는 달리 조용히 음식을 집어 입가에 가져다 대려던 그녀의 손이 허공에서 멈췄다.

그리고는 이내 앞에 놓여 있는 빈 접시에다가 커다랗게 한 젓가락을 뜨더니 이내 그것을 천무진의 앞으로 들이밀었다.

혼자만의 상념에 잠겨 있던 천무진은 그런 그녀의 행동에 정신을 추슬렀다.

자신의 앞에 놓여 있는 접시를 확인한 천무진이 백아린을 향해 시선을 돌렸다.

마치 이걸 왜 주냐는 듯한 천무진의 시선에 그녀가 슬쩍 고개를 돌리며 퉁명스레 말했다.

"……먹어요."

*　　　*　　　*

점심시간이 조금 지났을 무렵, 천무진은 홀로 어딘가를 향해 걷고 있었다.

그리고 마침내 그가 도착한 장소.

그곳은 다름 아닌 무림맹이었다.

천무진은 입구의 앞에 선 채로 무림맹(武林盟)이라는 이름이 적힌 현판을 올려다봤다.

원래의 예정대로라면 내일 세 사람이 함께 무림맹에 가짜 신분으로 들어갈 계획이었지만…… 상황이 조금 바뀌었다.

한 번에 세 명이나 되는 인원들이 가짜 신분으로 들어오는 것보다는 시간 차를 두는 게 조금이나마 의심의 눈초리를 피할 수 있다는 생각에서였다.

가짜 신분을 만들어 줄 총군사 위지겸의 제안에 천무진 또한 동의했다.

그럴 확률이 극히 적다는 건 알고 있지만, 아주 만약에라도 하루 안에 단서를 찾아낸다면 굳이 다른 이들의 신분까지는 필요하지 않을 테니까.

그러한 연유로 천무진은 혼자 가짜 신분을 가진 채로 이곳 무림맹을 찾아온 것이다.

한 명분만 만들면 되는지라 이틀이 걸릴 거라는 시간도 하루로 단축된 상황. 천무진은 어떻게든 빠르게 일을 시작하고 싶었기에 오늘 무림맹에 들어가겠다는 뜻을 밝혔다.

입구 근처에 서 있는 천무진을 발견한 수문위사 중 하나가 다가왔다.

그가 물었다.

"무슨 일로 찾아오셨습니까?"

"아…… 여기."

천무진은 위지겸의 수하가 전달해 준 패를 꺼내어 내밀었다. 나무로 된 패 자체는 그리 특별해 보이지 않았지만,

그 위에 달린 붉은 실과 무림맹을 상징하는 장신구가 달려 있었다.

그걸 확인한 수문위사가 슬쩍 천무진의 얼굴을 확인하며 중얼거렸다.

"처음 보는 얼굴인데……."

"오늘부로 무림맹에 들어오게 되었습니다."

평소보다 더 예의를 갖추며 천무진이 말했다. 가능하면 눈에 띄지 않기 위해 조용히 굴려 마음먹은 탓이다.

말과 함께 천무진이 내민 건 서찰이었다.

서찰은 임명장이었고, 그 끝에는 인장까지 찍혀져 있었다. 서찰의 내용까지 확인한 수문위사는 고개를 끄덕였다.

"확인했소. 들어가 보시오."

승낙이 떨어지고 막 안으로 들어서려던 천무진이 걸음을 멈추며 물었다.

"홍천관(紅川館)이 어딥니까?"

"……홍천관 소속의 무인이시오?"

"네, 그리로 발령이 났다 들었습니다."

자신을 향하는 수문위사의 표정이 뭔가 묘하다는 건 느꼈지만 천무진은 그리 중요하게 생각하지 않았다. 어차피 그의 입장에서는 단서를 찾기 위해 얼마간 몸담을 장소일 뿐이었으니까.

그곳이 어떤 곳인지 천무진의 입장에서는 별반 상관없을 수밖에 없었다.

잠시 천무진을 바라보던 그가 이내 열린 문 내부를 가리키며 설명을 시작했다.

"이리로 쭉 가시다 보면 커다란 전각이 두 개 이어진 곳이 나오는데 그쪽으로부터 건물을 끼고 걷다 보면 나오는 게 홍천관이오."

"고맙습니다."

말을 마친 천무진은 수문위사가 가르쳐 준 방향으로 움직였다.

홍천관을 찾는 건 그리 어렵지 않았다.

수문위사가 말해 준 것보다는 조금 더 길이 복잡하긴 했지만, 그래도 어느 정도 위치는 가늠할 수 있었기에 세 차례 정도 지나가는 이에게 물어 어렵지 않게 홍천관을 찾을 수 있었다.

홍천관이라는 이름이 적힌 현판까지 확인하고서야 천무진은 전각 안으로 들어섰다.

시간 때문인지 내부는 한산했다.

마음 같아서야 곧장 증거를 찾기 위해 움직이고 싶었지만…….

모든 일에는 절차가 있는 것이고, 그것을 잘 지켜야 뒤탈

이 없어 자신이 하고자 하는 일을 진행하는 데 방해가 되지 않았다.

이 홍천관 무인이라는 신분을 유지하고, 의심받지 않기 위해서는 최소한 해야 할 일이 있다는 말이었다.

몇 보이진 않았지만, 연무장에서 몸을 풀고 있던 이들이 천무진을 발견했다.

무림맹 내부에 있는 단체인데, 생각보다 구성원들의 나이가 젊어 보였다.

귀찮긴 했지만 천무진이 먼저 그쪽으로 다가가 인사를 건넸다.

"처음 뵙겠습니다. 오늘부로 홍천관에 몸담게 되었습니다. 앞으로 잘⋯⋯."

"뭐야, 신입이야?"

"이거 신고식 좀 해 줘야겠는데."

두 사내가 천무진에게 다가오며 히죽거렸다.

신고식이라니?

'⋯⋯뭔 개소리야.'

생각지도 못한 말에 천무진은 눈살을 찌푸렸다.

그러자 다가오던 사내 중 하나의 입꼬리가 씰룩였다.

"이 새끼 재밌네. 너 지금 신입 주제에 표정 구긴 거야?"

　　　　*　　　*　　　*

　처음 보는 이의 입에서 터져 나오는 욕설.

　문제는 그것이 전부가 아니었다는 거다.

　가까이 다가온 둘 중 하나가 천무진의 어깨를 손가락으로 쿡쿡 밀며 말을 이어 나갔다.

　"아직도 눈깔에 힘주고 있는 거 봐라. 야, 정신 안 차리냐? 어디 새파란 신참 자식이."

　말과 함께 손가락이 손바닥으로 바뀌었다.

　팍.

　거칠게 어깨를 치는 사내의 행동.

　하지만 천무진이 느끼는 감정은 분노가 아닌 다른 것이었다.

　'……이건 뭐지?'

　천무진은 당황스러웠다.

　살면서 이런 경험은 처음이라고 해도 과언이 아니었으니까.

　세상에서 그 누가 자신을 이처럼 막 대한 적이 있었던가.

　하물며 그 상대가…… 이런 핏덩어리 같은 애송이라니.

　실제 지금 이들과 천무진의 나이 차는 그다지 나지 않았지만, 한 번의 삶을 살아 본 천무진에게 아직 어린 티가 팍팍

나는 이들은 솜털조차 채 가시지 않은 햇병아리와도 같았다.

천무진보다 한 뼘 정도 작은 키.

그랬기에 바짝 다가온 둘은 아래에서 고개를 들이밀며 천무진을 노려보고 있었다. 그리고 그런 두 사람을 향한 천무진의 표정은 복잡했다.

'마교 교주한테도 이런 대접을 받은 적이 없는데…….'

천룡성의 인물이자 과거 천하제일인이라 불렸던 자신이다. 그런 그가 지금 갓 무림에 출두했을 것 같은 이들에게 손찌검을 당하고 있었다.

참으로 색다른 경험이 아닐 수 없었다.

……물론 기분은 더러웠지만.

천무진이 별다른 대답을 하지 않자 여태까지 옆에 서 있기만 하던 사내가 목소리를 높였다.

"선배들이 말씀하시잖아. 뭔 반응이 이래?"

"겁먹어서 무슨 말을 못 하겠냐?"

천무진이 별다른 행동을 하지 않자 더 만만하게 보였는지 말투가 한층 거칠어졌다.

손 한번 휘두르면 나가떨어질 두 명이 귀찮게 들러붙어서 떠들어 대니 천무진의 입장에서는 처치 곤란이었다.

너무도 간단한 상대. 그럼에도 천무진이 이토록 아무것도 하지 않는 건 지금 자신의 상황 때문이었다.

괜한 마찰은 사람들의 이목을 집중시키는 역효과를 낳게 된다.

천룡성이 움직인다는 사실을 감추고 싶어 가짜 신분까지 사용한 천무진이다. 그런 그였기에 어떻게든 눈에 띌 만한 일은 피해야만 했다.

누구보다 조용히 이곳 무림맹에서 조사를 하다 사라질 생각이었던 그가 아닌가.

그런 와중에 자신이 사고를 쳐서 주목을 받게 된다면 천룡성은 그렇다 쳐도 가짜 신분에 문제가 생길 확률이 컸다.

그리고 그렇게 되면 천무진의 모든 계획이 어그러진다.

이런 같잖은 이들에게 시비의 대상이 되는 건 분명 불쾌한 일이다.

허나 우습게도 모욕적인 기분이 들지는 않았다.

죽기 전의 삶이 없었다면 지금 이 상황에 보다 감정적 동요가 일었을 터, 하지만 이제는 아니다.

고작 이 정도에 모욕감을 느끼기엔 천무진은 너무도 비참했던 삶을 살았다.

그 삶을 막아 내기 위해서라면…… 겨우 이 정도의 돼먹지 않은 도발 정도야 얼마든지 참아 줄 수 있었다.

거기다가 방금 일기 시작한 소란으로 인해 홍천관 내부의 전각에서 한두 명씩 모습을 드러내고 있는 상황. 그들의 등장에 힘을 얻었는지 두 사내는 더욱 득의양양한 표정을 지어 보였다.

점점 보는 눈이 많아지는 걸 느낀 천무진이 입술을 지그시 깨물었다.

'귀찮게 됐군.'

더 많은 이들의 이목을 끌기 전에 어떻게든 이 상황을 마무리해야만 했다.

하지만 천무진의 고민은 길어지지 않았다.

어찌해야 하나 잠시 생각에 잠긴 천무진의 모습에 자신을 무시한다 느낀 사내가 순간 주먹을 휘두른 것이다.

부웅.

주먹이 날아들었다.

사실 천무진에겐 이 날아드는 주먹에 맞아 주는 것보다, 곧바로 둘의 손목을 비틀어 주는 것이 훨씬 더 빨랐다.

피하는 것보다 맞아 주는 게 더 어려울 정도의 실력 차이.

하지만…….

퍽!

명치에 틀어박힌 주먹.

천무진은 괜히 아픈 척 허리를 굽혔다.

솜방망이 같은 주먹 한두 대 맞아 주는 걸로 자신에 대한 관심을 끊을 수만 있다면 오히려 이쪽이 이득이다.

"이 자식아 어뗘……."

둘 중 주먹을 내질렀던 사내가 신명 나게 목소리를 높이는 바로 그때, 허리를 굽힌 상태에서 힐끔 고개를 돌린 천무진과 두 사내의 시선이 마주쳤다.

그리고 그 순간 두 사내는 자신도 모르게 움찔하고 말았다.

그저 눈빛을 마주했을 뿐이거늘 이상하게 전신의 털이 쭈뼛쭈뼛 서는 기분이 들었다.

두 사내가 절로 뒷걸음질 치려고 하는 순간 천무진이 빠르게 손을 뻗어 그들의 옷깃을 움켜잡았다.

주춤거리며 뒷걸음질 치는 걸 다른 이들에게 보이고 싶지 않아서다.

천무진이 빠르게 입을 열었다.

"제가 실례를 했다면 반성하겠습니다."

예의 바르게 말을 하는 그의 모습에 잠시 겁을 집어먹었던 둘은 언제 그랬냐는 듯 어색하게 표정을 풀었다.

아무것도 아닌 상대에게 괜히 움찔했다는 생각 때문인지 도리어 한 사내가 호탕한 척 웃으며 천무진의 어깨를 두드렸다.

"자식, 이제야 좀 말귀가 통하네. 앞으로 조심해라. 알겠어?"

"까불면 다음엔 이 정도로 안 끝나니까 각오하고."

옆에 있던 사내도 덩달아 끼어들어 때리는 시늉을 하며 힘을 실어 주는 그때였다.

"적당히들 해. 막 들어온 신입한테 뭣들 하는 거야."

갑자기 들려오는 목소리에 천무진은 물론이고, 다른 두 사내 또한 시선을 돌렸다.

그곳에는 삼십 대 후반 정도 되어 보이는 사내 하나가 자리하고 있었다. 덥수룩하게 자란 수염에 다소 짧은 머리.

근육질의 몸에 다소 우락부락한 외모를 한 그는 바로 이곳 홍천관의 부관주 여청이라는 사내였다.

부관주의 등장에 두 사내가 옆으로 비켜서고는 손사래를 치며 말했다.

"뭘 하긴요. 그냥 처음이니 이곳의 법도를 조금 설명해 주고 있었던 것뿐입니다."

"어허! 아무리 그래도 그렇지 사람에게 손찌검을 해서 쓰나. 앞으로 같이 지낼 동료에게 말이야. 그렇지?"

자신을 향해 친근한 미소를 지어 보이는 여청이었지만 그런 그의 모습에 천무진은 기가 찼다.

'망할 자식, 위에서 다 보고 있던 주제에.'

천무진은 이미 주변의 모든 상황을 꿰뚫고 있었다. 지금에 와서야 말리러 나타난 여청 또한 위에서 재미있다는 듯

이 상황을 바라보고 있던 자다.

그래 놓고 이제 와서 짐짓 이 상황을 혼내는 모양새가 우습기 그지없다.

천무진이 두 사람의 옷깃을 움켜쥐고 있던 손을 풀며 천천히 허리를 폈다.

그의 앞으로 다가온 여청이 천무진의 어깨를 두드리며 끄덕였다.

"키도 크고 잘생겼군그래."

"과찬이십니다."

"앞으로 함께 지낼 이들인데 조그마한 다툼 정도는 너무 마음에 담아 두지 말고. 싹 잊고 앞으로 잘 지내도록 하게. 알겠는가?"

"그럼요. 벌써 잊었습니다."

천무진이 애써 감정을 추스르는 척 연기를 하며 답했다.

그런 그를 잠시 바라보던 여청이 이내 고개를 끄덕이며 입을 열었다.

"아참, 오늘 들어왔으니 관주님께 보고를 해야 할 걸세. 저쪽에 있는 전각에서 대기하고 있게. 관주님이 오시면 연락이 갈 게야."

"알겠습니다."

몸을 돌린 여청은 슬쩍 고개를 갸웃했다.

'……기우였나.'

풍겨져 나오는 분위기에서 묘한 느낌을 받았기에 주의 깊게 살폈다. 어느 정도 실력이 있어 보였으니까. 그렇지만 꼼짝없이 두 사람에게 맞는 모양새를 보아하니 자신의 착각이었던 듯싶었다.

거기다가 정말로 당황스러워하는 눈빛까지.

연기라고 보기에는 너무나 완벽했다.

여청이 옆에 있는 수하들에게 짧게 말했다.

"가자."

말을 마치고 그가 순식간에 홍천관을 빠져나갔다. 그리고 천무진을 멀리서나마 구경하던 이들도 곧 그에 대한 관심이 식었는지 빠르게 원래의 자리로 돌아가고 있었다.

어느새 혼자 남게 된 천무진이 맞았던 명치 부분을 손바닥으로 쓸어내리다가 피식 웃었다.

'잊으라고?'

솜방망이와도 같았던 우스운 주먹질이었지만 아쉽게도 그것조차 잊어 줄 생각은 없었다.

천무진은 결코 당한 걸 그냥 넘어갈 정도로 호락호락한 사내가 아니었으니까.

모두 갚아 줄 것이다.

머리카락 한 올 건드린 것까지 모두 기억해서.

여청이 말했던 전각으로 터벅터벅 걸어간 천무진은 안으로 들어섰다.

아무도 없는 공간에는 탁자와 간단한 용품들이 자리하고 있었다. 자리에 앉은 천무진은 곧바로 앞에 놓인 종이와 붓을 쥐었다.

그가 종이를 펼치며 입을 열었다.

"하나라도 까먹으면 안 되지."

종이 위에 천무진이 글자를 쓰기 시작했다.

종이에 적힌 건 간단했다.

명치 한 대, 어깨 한 대.

그리고 방금 그 둘의 외향을 묘사한 '못생긴 놈', '야비하게 생긴 놈'이라는 글자까지.

천무진이 종이를 품에 넣으며 나지막이 중얼거렸다.

"나중에 딱 열 배로만 갚아 줄게."

*　　　*　　　*

천무진은 성도의 밤거리를 걷고 있었다.

늦은 시각.

긴 시간 동안 무림맹에 있었던 그가 자신의 거처인 객잔으로 돌아오고 있는 것이다.

그렇지만 걸음을 걷는 그의 표정은 그리 좋지 못했다. 비단 오늘 홍천관 입구에서 있었던 일 때문만은 아니었다.

기다리면 만날 수 있을 거라 했던 홍천관 관주의 코빼기조차 보지 못해서다. 그 때문에 천무진은 조사는커녕 하루 종일 전각에 틀어박혀 시간을 보내다 이렇게 거처로 복귀하는 중이었다.

막 들어선 방에는 자신을 기다리는 다른 이들이 자리하고 있었다.

백아린과, 중년의 사내.

그리고 그 중년 사내는 익히 아는 자였다.

무림맹 총군사 위지겸이었다.

위지겸을 보는 순간 천무진의 눈꼬리가 꿈틀거렸다.

자신의 신분을 만들어 준 것이 저자가 아니었던가.

그때 자리에서 일어난 위지겸이 천무진을 반겼다.

"하하, 오셨군요. 그나저나 오늘 무림맹은 어떠셨습니까?"

"어땠냐고 물은 겁니까? 더러운 꼴도 당하고, 조사도 못하고 시간만 날렸습니다."

천무진이 기가 차다는 듯 되물었다.

되지도 않는 두 사람에게 맞은 걸로 모자라, 전각에서 움직이지도 못해 의미 없는 시간만 보냈던 하루였다.

애초에 무림맹에 들어간 것이 양휴에 대한 조사를 직접 하고자 함이었는데, 이래서는 굳이 그래야 할 이유가 없었다.

"뭐 곤란한 일을 겪으셨다는 건 들었습니다. 거기 쪽 녀석들이 워낙 사고뭉치들이라."

"알면서 왜 굳이 그런 곳에 절 넣은 겁니까?"

"제 입장에서도 조금 더 편한 곳으로 드리고 싶었지요. 그런데 아시지 않습니까. 가짜 신분으로는 한계가 있다는 걸요."

가짜 신분으로 들어간 무림맹이다.

당연히 구파일방이나 오대세가를 비롯한 꽤 커다란 문파 소속의 신분은 가질 수 없는 상황이다. 그런 자라면 이름과 얼굴이 알려졌을 확률이 컸으니까.

아무도 얼굴이나 이름을 모르는 신분이라면 당연히 그만큼 알려지지 않은 자라는 것이고, 실력적으로 빼어난 것도 말이 되지 않는다.

당연히 그리 좋지 못한 곳으로 넣어 줄 수밖에 없었다.

많이 중요하지 않고, 주목도 덜 받는 곳으로.

물론 그런 걸 천무진 또한 모르는 바가 아니다.

알지만 굳이 이렇게 귀찮은 일들이 벌어지는 곳에 넣어야 했나 하는 의문이 남아 있는 것뿐이었다.

그런 그를 향해 위지겸이 말을 이었다.

"홍천관은 그리 주목을 받는 곳이 아닙니다. 그리고 제법 많은 이들이 들어갔다가 포기하고 나가떨어지는 곳이기도 하고요. 나중에 나가실 때도 보다 자연스러우실 테고, 집단보다는 단독으로 많이들 움직여 개인적으로 시간을 쓰시기도 용이할 것 같아 그곳으로 넣어 드린 겁니다."

무림맹 입장에서 뒤처리가 편하기도 했지만, 결론적으로 천무진을 위한 선택이었다.

천룡성을 돕기 위해 나서긴 했지만 무림맹주나 위지겸의 입장에서도 그의 존재가 가능한 드러나지 않기를 바라고 있다.

무림맹의 맹주라고 해서 모든 이들이 그를 따르는 건 아니다.

천룡성과의 맹약이 있긴 하지만 그렇다고 해도 반맹주파는 맹주에게 흠집을 낼 수 있다면 어떠한 핑계를 대서라도 이 일에 딴지를 걸 게 분명했다.

양측 모두를 위한 선택, 그것이 바로 홍천관이었다.

그리고…….

긴 이야기를 했던 위지겸이 의미심장한 표정으로 속삭이듯 말했다.

"결정적으로 지금 들어가신 홍천관이 쫓으시는 그자가 들어갔던 곳입니다."

"……그 말을 왜 이제 합니까?"

위지겸의 그 한 마디에 그나마 남아 있던 조금의 불만조차도 먼지처럼 사라졌다.

양휴가 한나절도 안 돼서 쫓겨났다는 그곳이 홍천관이었다니. 양휴를 조사하려는 입장에서는 최적의 장소로 배정된 것이었다.

표정이 풀어지는 천무진을 보며 위지겸이 웃으면서 말했다.

"원래 잔뜩 애를 태우다가 마지막에 중요한 말을 던지는 것이 교섭의 기본이지요."

"앞으로는 교섭이고 뭐고 바로 말해 주시면 좋겠군요."

"뭐 생각해 보지요."

싱글벙글 웃고 있던 위지겸이 곧 자리에서 일어났다.

"자, 그럼 전 이만 물러가 보도록 하겠습니다. 맹주님보다야 좀 여유가 있지만, 저 또한 맹을 그리 오래 비워 두기는 힘들어서요. 거기다 객잔인지라 보는 눈도 많고요."

사실 위지겸의 입장에서는 이토록 대놓고 성도의 거리를 다니는 건 상당히 부담스러운 일이었다.

조만간 자꾸 바깥으로 나가는 자신에게 반맹주파 쪽에서 감시의 눈길을 붙일 터이니 아마도 이렇게 대놓고 찾아오는 건 점점 쉽지 않아질 터.

그가 말했다.

"나머지 두 분은 방금 드린 신분으로 차례로 들어오시면 될 것 같습니다. 아시겠지만 최대한 문제를 일으키지 말아 주시고요. 제가 막아 드릴 수 있는 것도 한계가 있는지라……."

"네, 들어가세요."

백아린이 포권을 취하며 떠나가는 그에게 인사를 건넸다. 가지고 왔던 죽립을 눌러쓴 채로 위지겸이 걸어 나갔고, 이내 방 안에는 천무진과 백아린 단둘만이 남게 됐다.

그녀가 아까 전 둘의 대화를 듣고 계속 궁금했던 것에 대해 물었다.

"곤란한 일이라뇨? 무슨 일 있었어요?"

물어 오는 백아린의 질문에 천무진은 빈자리에 가서 걸터앉으며 대답했다.

"……맞았어."

"네?"

백아린이 놀란 얼굴로 되물었을 때다.

그가 품 안에서 종이 하나를 꺼내서 탁자 한편에 툭 던졌다. 그녀가 종이를 물끄러미 바라보다 입을 열었다.

"이건 뭐예요? 오늘 아무 조사도 못 했다면서요."

"아, 혹시라도 내가 놈들한테 맞은 횟수를 하나라도 빠트릴까 봐 적어 둔 종이야."

"그걸 왜 적어 둬요?"

당황스럽다는 듯 묻는 백아린을 향해 천무진이 입꼬리를 올리며 중얼거렸다.

"왜긴."

절대 잃어버리지 않겠다는 듯 서랍을 열어 안에다가 그 종이를 넣으며 천무진이 말했다.

"빚을 졌으면 갚아 줘야지."

9장. 거점
— 어딥니까

"흐음."

무림맹에 들어간 천무진은 오늘도 홍천관에 있는 전각 중 하나에 자리를 잡고 있었다.

점심시간이 되었을 무렵, 오늘은 다행히도 별다른 일은 벌어지지 않았다. 어제 완전히 굽힌 탓인지 더는 괜한 시비를 걸지 않는 모양새였다.

물론 그 탓에 자신을 얕보는 눈빛은 감내해야 했지만 말이다.

문제는 홍천관에 제대로 들어가서 움직이기 위해서는 이곳의 관주를 만나서 신고를 마쳐야 했는데, 어제도 그러더니 오늘까지도 관주는 코빼기조차 보이질 않았다.

그 탓에 천무진은 오늘도 의미 없는 시간을 보내고만 있었다.

'시간이 얼마 안 남았는데 말이야.'

천룡성 거점을 나오며 자리를 비운다 말했던 오십 일의 시간이 거의 다 되어 가고 있었다.

그렇지만 아직까지 무림맹에서 뭔가를 얻어 내지 못했을뿐더러, 이것을 조사하는 데는 꽤나 긴 시간이 걸릴 모양새였다.

아무런 단서도 없는 상황, 이곳 홍천관에서부터 차근차근 뭔가를 찾아야만 했다.

길어지는 객잔 생활에 정보를 쌓아 갈 공간도 모자랐고, 분류를 해 두는 것도 쉽지 않았다.

거기다 단엽은 하루가 다르게 죽는소리를 해 댔다.

무림맹주를 만나 최소한의 보고는 한 덕분에 대홍련의 부련주인 그가 무림맹의 구역에서 죽립을 쓰고라도 간간이 외출할 수 있는 상황이긴 했지만, 그 또한 한정적인 데다, 딱히 무공을 연마할 연무장도 없었다.

이곳에서의 생활이 길어지는 만큼 그에 맞는 방도를 강구해야만 했다.

홀로 이것저것을 고민하는 사이 조용했던 전각의 문이 열렸다.

혹시나 관주인가 했지만, 상대를 확인하는 순간 천무진의 얼굴엔 실망의 빛이 서렸다.

'젠장.'

모습을 드러낸 건 어제 천무진의 명치를 때렸던 사내였다.

'이름이…… 방건이었나?'

어제 귀동냥으로 누군가 그를 부르는 소리를 들었기에 어렴풋이 이름을 알고 있었다. 방건이 천무진을 불렀다.

"야, 무진."

"무슨 일이십니까?"

귀찮긴 했지만 천무진은 그런 속내를 감추며 자리에서 일어났다.

무진, 그것은 천무진이 이곳 무림맹에서 사용하는 이름이었다.

누군가로 위장하는 것이 아니라, 아예 새로운 인물을 만든 것이기 때문에 이름은 원하는 대로 사용할 수 있었다.

백아린과 한천은 무림에 알려진 이들이 아니었기에 굳이 가명을 쓸 이유가 없다며 본명을 사용했지만 천무진은 조금 달랐다.

정체불명의 그들에게 노출을 최소화하기 위해 성을 빼고 무진이라는 이름으로 무림맹에 들어온 것이다.

방건이 귀찮다는 듯 천무진에게 손짓했다.

"뭐긴. 밥이라도 먹이란다."

방건과 같이 식사를 하고 싶은 생각은 눈곱만큼도 없었지만 천무진은 고개를 끄덕이며 그가 서 있는 문가로 다가갔다.

방건이 계단 아래로 내려서며 말했다.

"따라와."

어제의 일 이후로 자신이 확실히 위라는 개념이 잡혔는지 목에 잔뜩 힘을 주고 있는 것이 눈에 보일 정도였다.

하지만 천무진의 관심은 그런 그의 태도가 아닌 다른 것에 있었다.

'양휴가 한나절 동안 몸담았던 곳이 이곳 홍천관이라고 했으니……'

천무진은 슬쩍 방건을 살폈다.

별 대단한 걸 알고 있을 위인은 아니지만 뭔가 자그마한 단서라도 얻어 낼 수 있다면 큰 도움이 될 게다.

천무진이 물었다.

"그런데 언제부터 여기 홍천관에 계셨던 겁니까?"

"나? 한 사 년 정도 됐나?"

사 년 정도라면 양휴가 있었던 시기와 겹친다.

번거롭게만 느껴졌던 그와의 시간이 아주 조금 쓸모가

있어질지도 모른다는 생각이 들었다.

'조금씩 틈을 만들어 양휴에 대해 캐내 봐야겠군.'

물론 방건이 양휴에 대해 알 확률은 극히 낮았지만, 그래도 홍천관에 오래 몸을 담았으니 그를 통해 다른 이들에게 정보를 얻을 수도 있는 노릇이다.

천무진은 이런 부류를 어떻게 하면 손바닥 위에 놓고 조종할 수 있는지 잘 알았다.

조금의 칭찬, 그것만으로도 알아서 나불거리는 것이 뽐내기 좋아하는 이들의 특징이었다.

천무진이 슬쩍 그를 띄어 줬다.

"사 년이라니 대단하시군요. 무림맹에서 그리 오래 계시는 게 결코 쉬운 일은 아니었을 텐데 말입니다."

"그치? 내가 어릴 때부터 말이야……."

예상대로 방건은 신이 나서 혼자 떠들어 대기 시작했다. 그리고 천무진은 그런 그의 말에 어느 정도 장단을 맞추며 뭔가 비집고 들어갈 틈을 찾고 있었다.

자기 자랑을 신명 나게 하며 걷던 방건은 문득 주변에 지나쳐 가는 사람들의 시선이 평소와 다르다는 걸 느꼈다.

남녀 가리지 않고 힐끔거리는 시선들.

처음엔 뭔가 싶었지만 이내 알 수 있었다.

함께 걷고 있는 천무진 때문이었다.

훤칠한 외모에 사람의 눈을 확 잡아 끄는 묘한 매력을 지니고 있는 천무진이었기에, 자연스레 사람들의 시선도 향하고 있는 것이었다.

전혀 느껴 본 적 없는 그런 시선에 방건은 자신도 모르게 어깨가 으쓱해지고 있었다.

여인들의 시선이 느껴지자 방건은 괜스레 천무진의 등을 탁탁 두드리며 보라는 듯 크게 웃었다.

"어쨌든 무진 넌 이제부터 아무 걱정하지 마. 내가 알아서 잘 끌어 줄 테니까. 앞으로 나만 잘 따라오라고."

모두의 시선을 잡아 끄는 그런 사내에게 윗사람처럼 굴자, 자신이 더 뛰어나게 느껴져, 만족감이 밀려들었다.

천무진은 갑작스레 친근하게 굴어 대는 방건의 행동에 웃음을 지어 보였지만 속내는 전혀 달랐다.

지금 자신의 등을 두드려 대는 행동까지 횟수를 세 머릿속에 숫자로 새겨 넣고 있는 천무진이었다.

식당으로 천무진을 안내한 방건이 유쾌한 얼굴로 말을 이어 갈 때였다.

웅성웅성.

주변의 분위기가 뭔가 잔뜩 흥분된 듯한 느낌을 풍겼다. 많은 이들의 웅성거림은 그저 사람이 많아서 생겨나는 소란이 아니었다.

방건 또한 사람들이 모여 있는 걸 확인하고는 이상하다는 듯 중얼거렸다.

"뭐지? 뭔 일 있나 본데?"

친한 척 자신을 잡아당기는 방건의 손에 이끌려 천무진은 사람들이 잔뜩 모여 있는 쪽으로 따라가야만 했다.

귀찮다는 듯이 터덜터덜 끌려간 그곳에는 한 무리가 자리하고 있었다.

사내 넷에 여인 하나로 구성된 무리.

그리고 이 모든 시선을 받고 있는 주인공은 다름 아닌 그 무리에 섞여 있는 한 명의 여인이었다.

하얀 백의를 입은 채로 뭔가를 듣고 있는 여인.

백아린이었다.

그녀를 발견한 천무진은 평소와 다른 뭔가를 단번에 알아차릴 수 있었다.

항상 들고 다니던 대검이 없다는 거다.

천무진의 바로 옆에서 까치발을 서며 안쪽을 살피던 방건이 탄성을 터트렸다.

"우와…… 끝내주는데."

도저히 눈을 떼기 어려웠는지 방건은 멍하니 사람들 건너에 자리하고 있는 백아린에게 시선을 고정시켜 둔 상태였다.

천무진이 그런 그녀를 향해 전음을 날렸다.

『왜 오늘 무림맹에 있는 거야? 내일부터 들어온다고 하지 않았어?』

갑작스레 날아든 전음이었지만, 백아린은 당황하지 않고 슬쩍 주변을 둘러보며 천무진을 찾았다. 키가 크고 워낙 눈에 띄는 외모를 가진 덕분에 그를 찾는 건 그리 어렵지 않았다.

백아린 또한 천무진을 향해 전음을 날렸다.

『그러려고 했는데 그냥 부총관하고 오전, 오후로 나눠서 들어오기로 했어요. 어차피 중요하지 않은 곳이라 크게 주목받을 일은 없을 것 같다고 해서요.』

그녀가 슬쩍 주변을 둘러보다가 이내 다시금 전음을 보냈다.

『이상하다. 대검을 놓고 와서 그렇게 시선을 잡아 끌지는 않을 거라고 생각했는데…… 웰까요? 옷을 좀 바꿔 입어야 할까요?』

『……그런 문제가 아닌 것 같은데.』

옷보다 얼굴이 더 문제라는 말이 목구멍까지 치솟았지만 천무진은 말을 돌렸다.

『그럼 한천도 이미 여기 들어와 있는 건가?』

『하아, 말도 말아요.』

뭔가 골치 아프다는 듯한 말투에 천무진은 가만히 다음 말을 기다렸다.

그녀의 전음이 이어졌다.

『벌써부터 사람들 모아서 대낮부터 술잔치에 난리도 아니던데요.』

자신이 알기로는 기껏해야 한두 시진 정도 전에 들어왔을 그가 벌써부터 술잔치를 한다는 말에 천무진은 의아한 듯 물었다.

『무림맹에 아는 사람이라도 있었던 거야?』

『아뇨. 다 처음 보는 사람들인데 벌써 호형호제하면서 얼싸안고 난장판이에요. 친화력 하나는 보통이 아니거든요. 이럴 때 또 발휘가 되네요.』

백아린의 말에 천무진은 슬쩍 손으로 미간을 꾸욱 눌렀다.

자신은 맞으면서 간신히 옆에 있는 이 방건이라는 자와 그나마 안면을 텄거늘, 대체 어떻게 하면 오늘 들어와서 벌써 호형호제를 하며 얼싸안는 사이가 되는지 감조차 오지 않았다.

'뭔가 억울한데…….'

그때 천무진의 옆에 있던 방건이 그의 등을 팍 치며 말했다.

"자식, 남자라고 미인한테서 눈을 못 떼네. 뭐 해? 밥 먹자. 어차피 저런 여자는 우리한테 눈길도 안 준다고. 저 옆에 있는 녀석들이 누군지 알아? 하나같이 뒷배 쟁쟁한 녀석들이야. 우리랑 완전히 다르지."

말을 마친 방건이 아쉽다는 듯 입맛을 다시고 있을 때였다.

갑작스럽게 천무진을 때리는 방건의 모습에 백아린은 놀란 듯 눈을 치켜떴다가 이내 전음을 보냈다.

『옆에 있는 그자가 어제 그 살생부 같은 종이에 적힌 사람이에요?』

『맞아. 지금은 살아 있지만 곧 나한테 죽을 거야.』

표정을 구기며 받아치는 천무진의 농담에 백아린은 자신도 모르게 픽 실소를 흘렸다.

전음을 보내다 웃은 것도 모르고 그녀의 옆에서 뭔가 떠들어 대던 사내는 자신의 이야기에 미소를 지은 줄 알고는 더욱 신이 나서 목소리를 높였다.

천무진이 전음을 보냈다.

『아 참, 오늘 저녁에 머무는 곳을 바꿀 생각이야. 짐 옮길 준비하라고. 혹시 나보다 먼저 도착하면 다른 사람들한테도 미리 챙겨 두라고 해. 서둘러 옮기게.』

『어디로 가게요? 서류도 많은데 굳이 번거롭게 다른 객잔으로 옮기는 건…….』

『객잔이면 옮기자고 안 했지. 내가 아는 곳이 있으니 거기로 가자고.』

『그래요? 마침 잘됐네요. 사실 객잔 생활이 영 불편했거든요.』

사람이 많은 성도의 객잔.

하루에 오가는 이들 또한 그 숫자가 적지 않았다. 그런 곳에서 계속 지내는 건 분명 불편한 일이었다.

대충 전음을 마무리하려는 그때 옆에 있던 방건이 목소리를 높였다.

"야, 밥 먹으러 가자니까."

다가온 손이 천무진의 볼을 강하게 잡아당겼다.

볼이 주욱 늘어나는 걸 보는 순간 백아린은 손으로 입가를 가린 채로 웃음을 터트렸다.

"킥."

크게 웃음이 새어 나오려는 걸 억지로 참는 그때.

볼이 늘어난 그 상태 그대로 천무진이 백아린을 향해 재차 전음을 날렸다.

『……진짜 곧 죽일 거야.』

며칠을 머물렀을 뿐이거늘 객잔에서 챙길 짐은 산더미처럼 많았다. 물론 그 대부분은 적화신루를 통해 받아 온 서류 더미들이었다.

가장 먼저 객잔에 도착한 건 백아린이었고, 그 이후로는 천무진이, 마지막으론 한천이 돌아왔다.

거나하게 술을 마신 한천이 노래를 부르며 객잔으로 오다가 깜짝 놀랐다.

"왜 거기 계십니까?"

마차와 함께 객잔 앞에 서 있는 백아린을 발견한 탓이다.

그런 그를 향해 백아린이 짧게 말했다.

"주정은 그만 부리고 어서 타기나 해."

말을 마친 백아린이 마차에 올라탔고, 이미 안에는 천무진과 단엽이 자리하고 있었다.

단엽이 짜증스레 말했다.

"뭐 이렇게 늦어?"

"하하, 인맥 관리 좀 하다 왔지요. 그런데 이 짐들은 다 뭡니까? 저희 야반도주라도 하는 겁니까?"

"야반도주는 무슨. 거처를 옮기기로 했어."

백아린의 대답에 한천은 고개를 갸웃했다.

"굳이 옮길 이유가 있습니까?"

아까 전 무림맹에서 전음으로 거처를 옮기자는 말을 했을 때 백아린이 했던 것과 비슷한 반응.

천무진이 대꾸했다.

"무림맹에서의 조사가 언제 끝날 줄 알고. 그때까지 객잔에서만 머물 생각이야?"

"물론 갈 곳이 있으면 가죠. 그런데 여기에 우리가 갈 만한 곳이……."

"있어."

천무진이 말을 딱 자르는 순간 마차 또한 목적지를 향해 움직이기 시작했다. 한천뿐만이 아니라 백아린과 단엽 또한 지금 자신들이 어디로 가는지 모르는 상황.

단엽이 물었다.

"주인. 연무장은 있어?"

"몇 개는 있으니 걱정하지 마."

"듣던 중 반가운 소리네."

그가 손에 쥐고 있던 권갑을 어루만지며 히죽 웃었다. 오랫동안 제대로 몸을 못 풀었다며 계속 죽는소리를 해 대던 그였다.

둘의 대화를 듣고 있던 백아린이 생각보다 큰 규모에 놀랐는지 입을 열었다.

"연무장이 몇 개나 있을 정도로 큰 곳이라고요?"

"응, 무림맹과도 멀지 않아."

"대체 그런 곳이 갑자기 어떻게 생겼대요?"

"가 보면 알아."

천무진은 길게 이야기를 이어 가지 않고 대화를 끊었다. 그렇게 마차가 대략 이 각 정도 더 달렸을 무렵.

마침내 목적지에 도착했는지 마차가 멈추어 섰다.

가장 먼저 마차에서 내린 천무진이 천천히 앞으로 다가 갔다. 그의 눈앞에는 오래돼 보이는 장원 하나가 자리하고 있었다.

굳게 닫혀 있던 문을 천무진이 거리낌 없이 열어젖혔다.

열린 문을 통해 드러난 내부는 휑했다.

정돈되어 있긴 했지만, 사람이 사는 흔적은 전혀 보이지 않았다.

장원은 꽤나 넓었다. 집만 해도 몇 채는 있었고, 커다란 연무장과 곳곳엔 높은 나무들이 운치 있게 자리하고 있었다.

내부를 꾸며 놓은 연못과 높은 담장 등을 보았을 때, 마치 고관대작이 벼슬길에서 물러나 노후를 보낼 법한 장소처럼 보였다.

수십 명의 사람들이 기거해도 전혀 모자랄 것 같지 않은 커다란 장원.

천무진이 장원을 휘이 둘러볼 때였다.

재빠르게 따라 다가온 한천이 장원 내부를 보며 물었다.

"휘유. 크기도 그렇고 보통이 아닌데요. 대체 여긴 어딥니까?"

물어오는 한천의 질문에 천무진이 답했다.

"천룡성 비밀 거점."

"에엑!"

생각지도 못했는지 한천이 비명을 질러 댔다.

모든 것들이 감춰져 있는 천룡성. 그런 곳의 비밀 거점이라고 하니 꽤나 놀란 모양이었다.

백아린 또한 비슷한 생각이었는지 뒤에서 다가오며 물었다.

"이런 곳에 저희 같은 외부인을 받아도 되는 거예요?"

"뭐 가능하면 드러내지 않을 생각이긴 했는데 상관없어. 사실 이런 비밀 거점은 중원 곳곳에 있으니까. 그리고 이런 장소들에는 아무것도 없거든. 그냥 머무를 수 있는 공간일 뿐이지."

중원에 퍼져 있는 수십여 개의 거점들 중 하나.

그리고 이곳은 그중의 하나인 성도 거점이었다.

〈다음 권에 계속〉

전생자

『죽지 않는 무림지존』『천지를 먹다』『마검왕』
베스트셀러 작가 나민채의 신작!

[시간 역행을 하시겠습니까?]
[모든 능력이 리셋 됩니다.]
[날짜를 선택 하여 주십시오.]

"1985년 2월 28일. 내가 태어났던 날로."

dream
books
드림북스

사 도 연 판타지 장편소설

ORIGINAL FANTASY STORY & ADVENTURE

『용을 삼킨 검』, 『신세기전』 사도연 작가의 신작!

『두 번 사는 랭커』

여러 차원과 우주가 교차하는 세계에 놓인 태양신의 탑, 오벨리스크.
그리고 그곳에 오르다 배신당해 눈을 감아야 했던 동생.
모든 걸 알게 된 연우는 동생이 남겨 둔 일기와 함께
탑을 오르기 시작한다.

dream
books
드림북스

정령왕
엘퀴네스

개정판

이환 판타지 장편소설

『숲의 종족 클로네』, 『은빛마계왕』의 작가,
이환 대표작 『정령왕 엘퀴네스』완전 개정판!

어설픈 정령왕의 좌충우돌 모험기를 다시 만난다

컬러 일러스트 · 네 칸 만화 · 캐릭터 프로필 & QnA
매권 미공개 외전 수록!

dream
books
드림북스

DREAMBOOKS★

DREAMBOOKS★

DREAMBOOKS★

DREAMBOOKS ★